L'écolier assassin

Moka

L'écolier assassin

Médium
11, rue de Sèvres, Paris 6ᵉ

Du même auteur à *l'école des loisirs*

Dans la collection MÉDIUM

Ailleurs rien n'est tout blanc
À nous la belle vie
Cela
Derrière la porte
La chambre du pendu
La marque du diable
L'enfant des ombres
Le puits d'amour
Un phare dans le ciel

Dans la collection NEUF

La chose qui ne pouvait pas exister
Un ange avec des baskets
Vilaine fille
Williams et nous

© 2000, l'école des loisirs, Paris, pour l'édition en langue française
Loi n° 49.956 du 16 juillet 1949 sur les publications
destinées à la jeunesse : septembre 2000
Dépôt légal : avril 2012
Imprimé en France par CPI Bussière
à Saint-Amand-Montrond
N° d'édit. : 7. N° d'impr. : 121272/1.

ISBN 978-2-211-05798-1

CHAPITRE PREMIER
La chanson sereine du rossignolet joli

Le seuil à peine franchi, Norma piqua une crise. Elle couvait depuis qu'ils avaient pris le train de Paris pour ce village perdu du Berry. Norma était restée silencieuse pendant tout le trajet, le regard tragique et la moue boudeuse.

Maintenant, elle tournait en rond en tapant des pieds sur le carrelage ocre et laissait aller toute sa fureur.

– C'est MOCHE ! Je ne veux pas vivre ici ! Je veux rentrer à Paris et habiter avec papa ! Je pars avec Maxi et Mini ! Adieu, bande de moules ! Et allez vous faire voir chez les Grecs !

Norma prit ses deux ours en peluche, le grand et le petit, et partit à grandes enjambées à travers le jardin broussailleux. Fleur, sa mère, et Pablo, son frère aîné, agitèrent leurs mouchoirs du perron.

— Au revoir ! dit Fleur.

— Donne de tes nouvelles ! ajouta Pablo.

Norma quittait la maison avec fracas, trois fois par semaine depuis le divorce de ses parents. Fleur regarda Pablo.

— *Bande de moules ? Allez vous faire voir chez les Grecs ?* Je suppose que je dois te remercier pour cette nouvelle contribution au vocabulaire de ta petite sœur ?

Pablo rit. Depuis que Norma savait parler, elle jurait comme un charretier. Pablo prenait un malin plaisir à lui apprendre les pires injures et les gros mots les plus horribles. Fleur ne s'en formalisait pas vraiment. Mais elle était souvent embarrassée lorsque Norma sortait toutes ces horreurs devant ses grands-parents. Son ex-belle-mère ne ratait jamais une occasion de faire une réflexion sur l'éducation que Fleur donnait à ses enfants.

Fleur soupira et s'assit sur sa valise. Le déménagement avait été fait quinze jours auparavant. Elle avait dû laisser les enfants chez leur père et son amie pour s'occuper du rangement. Et voilà...

Ils étaient là, maintenant, dans ce petit village. Fleur était institutrice. Elle avait fait exprès de demander un poste en milieu rural. Elle ne voulait plus vivre à Paris. La capitale n'était pas assez grande pour elle et son ex-mari... et son amie. Elle avait fui. «S'enterrer à la campagne», comme lui avait dit sa mère, sur un ton de reproche.

Pablo avait plutôt bien pris le divorce. Mais c'était une nature calme et renfermée qui ne laissait pas souvent paraître ses sentiments. La blessure était pourtant là, profonde, au fond de son cœur. Et quand il pleurait parfois, c'était dans son lit, protégé par la nuit noire. Dans la journée, il prenait sur lui. Il savait, du haut de ses dix ans, que sa mère souffrait plus que lui de la situation.

Les choses étaient différentes pour Norma. Elle ne supportait pas la séparation. Elle en voulait à sa mère de ne pas avoir su retenir son père. Ce dernier avait eu beau lui répéter que ça ne changeait rien, qu'elle serait toujours sa petite Norma chérie, elle détestait sa future belle-mère. Cette femme qui lui avait volé son papa. Et elle ne se privait pas pour le dire.

– On défait nos valises, maman ? demanda Pablo.

Il prit Fleur par la main et la tira pour qu'elle se lève. À ce moment précis, Fleur aurait voulu le serrer contre elle et le remercier d'être si gentil. Ses lèvres tremblèrent mais les mots ne passèrent pas. Elle n'arrivait plus à lui parler.

Quand le chagrin ne serait plus qu'un petit point sombre dans sa mémoire, peut-être le pourrait-elle...

Ni Fleur ni Pablo ne s'inquiétaient de ce que faisait Norma. Elle n'allait jamais bien loin, le bas des escaliers ou le coin de la rue.

Norma s'était arrêtée sous le tilleul. Elle s'était assise sur un vieux banc de pierre cassé au milieu. En cette fin d'été, la lumière était dorée et donnait à ce jardin en friche un air irréel. Les rosiers ployaient sous le poids des roses fanées dont personne ne les avait soulagés. La haie était noyée sous les ronces. Et la pelouse n'était plus qu'un champ d'orties. Norma pensa à la Belle au bois dormant. Cent ans de sommeil… Les jardins de son château devaient ressembler à ça quand le Prince Charmant était enfin venu.

Une pie se posa près du prunier dont les fruits avaient depuis longtemps été mangés par tous les oiseaux du voisinage. Norma savait que les pies avaient la réputation d'être des voleuses. L'ours Maxi était trop gros pour un animal de cette taille mais le nounours Mini était vraiment… mini. Norma le prit dans ses bras par précaution.

Les feuilles de la haie frissonnèrent et la pie s'envola. Le vent était tombé à l'approche du crépuscule. Mais la haie frémissait. Quelqu'un marchait, sur la route, et frottait les branchages en passant. Norma aperçut la main, brièvement, là où la haie était maigre. Et cette main, pas plus grande que la sienne, était couverte de sang. Les ronces ne faisaient pas de cadeaux.

Norma empoigna Maxi. Le gros ours saurait-il la protéger ? Elle se recroquevilla lorsque le bruit de frottement cessa. Qui se trouvait de l'autre côté de la haie ? Qui venait de s'arrêter sur le chemin ? Un souffle léger, une respiration que l'on prend soudain, profondément. Et…

D'où reviens-tu mon fils Jacques ?
D'où reviens-tu cette nuit ?
Je viens des écoles ma mère,
Des écoles de Paris…

Une voix claire chantait. La voix d'une petite fille. Norma écouta, pas plus rassurée car il y avait dans ce chant languissant l'annonce d'un malheur. La haie frissonna. La chanteuse avait repris sa route, ignorant, sans doute, que Norma était tout près.

J'entends la chanson sereine
Du rossignolet joli...

La voix mourait avec la distance. Norma ne saisit que les deux vers suivants et le reste se perdit.

Tu as menti là, mon drôle.
Tu reviens de voir ta mie...

La mélodie était entrée dans la tête de Norma. Elle se mit à fredonner tout doucement. «*Humm, humm, humm, J'entends la chanson sereine du rossignolet joli...*»

Quand Norma revint dans la maison, le ciel était bleu nuit. Sa colère était retombée mais Pablo eut la mauvaise idée de lui demander:

— Déjà de retour?
— La gare est à quarante kilomètres! hurla-t-elle. J'ai des petites jambes!

Elle donna un grand coup de pied dans la valise de sa mère qui se renversa.

— Et j'ai pas d'argent pour ce putain de train!

Fleur sortit de la cuisine où elle préparait un dîner rapide.

— Je t'en prie, Norma, dit-elle, j'en ai marre d'entendre tous ces gros mots!

— Putain de merde! répondit Norma.

L'exaspération, ou peut-être simplement la fatigue, eut raison de Fleur. Elle donna une gifle à sa fille. Oh, rien qu'une petite tape mais c'était la première fois. Pablo regarda sa mère avec stupéfaction. Fleur, elle, contempla sa main comme si ce n'était pas la sienne. Norma ne dit rien, ne pleura pas. Elle s'enfuit dans l'escalier étroit et se réfugia dans sa nouvelle chambre.

— Norma! appela Fleur. Chérie! Je suis désolée! C'est parti tout seul! Je suis désolée!

Elle voulut la suivre.

— N'y va pas, maman, dit Pablo. Je crois qu'il vaut mieux la laisser. J'irai la chercher quand le dîner sera prêt.

— Le dîner EST prêt... répondit Fleur. Vu ce qu'il y a à manger...

Pablo monta à son tour. Le couloir était sombre. Il tourna l'interrupteur. Il n'y avait qu'une ampoule nue au plafond. La lumière était sinistre. Pablo s'appuya au mur. La maison était glacée et humide. Elle était restée longtemps sans être chauffée. La chaudière gargouillait mais la chaleur n'avait pas encore vaincu la froideur des pierres épaisses. Il se sentit perdu dans ce lieu étranger. Il aurait voulu crier. Crier sa peur.

La porte de Norma était entrouverte. Un chuchotement. Norma parlait souvent à ses deux nounours pour se consoler. Soudain, quelque chose de différent, d'inconnu, sortit de cette chambre. Pablo serra ses deux mains contre sa poitrine. Norma chantait. Il n'avait jamais entendu cette chanson auparavant.

Les paroles n'avaient rien d'inquiétant et le refrain était presque gai mais pourtant... Pablo en avait la gorge serrée.

D'où reviens-tu mon fils Jacques ?
D'où reviens-tu cette nuit ?
Je viens des écoles ma mère,
Des écoles de Paris.
J'entends la chanson sereine
Du rossignolet joli…
J'entends la chanson sereine
Du rossignolet joli…

CHAPITRE 2

Le chat noir

Fleur se leva tôt. Elle avait mal dormi. Il allait lui falloir un peu de temps pour s'habituer à ce nouvel endroit. Pourtant, elle avait eu un coup de cœur pour cette maison ancienne. Maintenant, elle ne savait plus…

L'école n'avait pas encore repris. Elle devait, cependant, s'y rendre pour la réunion des instituteurs. L'école n'était pas dans le village mais dans un bourg voisin. Regroupement des classes. Les écoles disparaissaient de plus en plus des campagnes. Il y avait trois instituteurs. Fleur avait les CM. Norma entrait au CE1. Pablo, lui, passait au collège. Beaucoup de changements, tout ça…

La température était anormalement basse pour la saison. Le chauffage fonctionnait bien et la maison commençait à prendre un petit air confortable. Fleur regarda la cheminée et s'imagina au coin du feu, lisant des histoires à ses enfants. Et dehors, la neige tomberait... Les hivers étaient souvent rudes dans la région.

Pablo pointa le bout de son nez en haut de l'escalier. Il était encore en pyjama.

— Maman ? Tu t'en vas ?

— Oui. La réunion... Je te confie ta petite sœur. Je ferai des courses au supermarché en revenant. Je pense être de retour vers... midi.

— On peut faire du vélo ? demanda Pablo.

— Bien sûr mais... peut-être qu'il vaut mieux que tu attendes un peu. Tu ne connais pas les routes.

— Et si on reste devant ?

Fleur accepta. Pablo adorait son vélo bleu tout neuf. Elle n'avait pas le courage de lui dire non. Elle lui fit promettre de faire attention à Norma.

Pablo retourna s'habiller dans sa chambre. Fleur sortit dans le jardin humide de rosée. Un merle sifflait. Un voile de brume couvrait le soleil. La journée serait belle.

Pablo préparait le petit-déjeuner sous l'œil critique de sa sœur. Les tranches de pain étaient ou trop fines ou trop grosses, il y avait trop de beurre ou pas assez. Et pas de confiture.

— C'est dégueulasse, dit Norma en attaquant sa troisième tartine.

Norma trouvait tout «dégueulasse». Ça ne l'empêchait pas de manger comme quatre. Pablo bâilla, le regard perdu vers la fenêtre au-dessus de l'évier. Il sursauta soudain. Une chose noire venait de bondir sur le rebord.

— Oh! s'exclama Norma. Un minou! Laisse-le entrer!

— Je ne pense pas que maman serait d'accord. Elle n'a jamais voulu d'animaux à la maison…

Le chat gratta à la fenêtre et miaula. Norma se précipita pour lui ouvrir. Le chat sauta sur l'évier. Il ne portait pas de collier et encore moins de tatouage. Norma voulut le caresser mais il s'échappa. Norma mit les deux poings sur ses hanches.

– Ah bah ! Il ne sait pas ce qu'il veut, celui-là !

– C'est mieux comme ça, répondit Pablo en refermant la fenêtre. Allez, dépêche-toi ! J'ai envie de faire du vélo !

– Le vélo, c'est chiant, dit Norma.

Il y avait des moments où Pablo regrettait d'avoir appris tous ces gros mots à Norma. C'était drôle quand elle avait trois ans, ça l'était beaucoup moins maintenant.

Les voitures passaient rarement sur la petite route devant chez eux car elle se terminait en impasse. Pablo n'osait pas s'aventurer sur les chemins de traverse. Ils se contentaient donc de faire l'aller-retour entre le croisement avec la départementale et le bout de la route. À cet endroit-là, il y avait une grosse maison de pur style berrichon, un gigantesque jardin et plusieurs granges. Norma s'arrêta et posa sa bicyclette contre le muret.

— Moi y en avoir jusque-là de pédaler pour arriver nulle part!

Pablo posa le pied à terre. Norma avait raison, ce n'était pas passionnant...

— On pourrait peut-être aller jusqu'au village? proposa-t-il. Ce n'est pas loin. Je crois qu'il y a une épicerie, on pourrait faire des courses. Ah non, c'est vrai, maman va les faire.

— Elle a pas intérêt à oublier la confiture!

Pablo gratta le gravier du bout de sa chaussure. Il garda le nez baissé pour dire:

— Est-ce que tu peux essayer d'être un peu gentille avec maman? Ce n'est pas facile pour elle, tu sais...

Norma devint rouge écarlate.

— Et pour moi, c'est facile? hurla-t-elle. J'ai rien demandé, moi! Pourquoi maman, elle est pas restée avec papa, hein?

— C'est lui qui est parti, répondit Pablo. Ce n'est pas la faute de maman.

Norma arracha violemment des feuilles à une branche d'arbre qui dépassait du mur. Elle poussa un cri de douleur et trépigna sur place.

— Merde! Me suis fait mal! Aïe, aïe, aïe!

Pablo voulut regarder sa main mais elle le repoussa en pleurant.

— Aïe, aïe, aïe! Touche pas! C'est à cause de toi! Je te déteste! Saloperie de saleté d'arbre à la con!

Norma s'apprêtait à hurler pendant un certain temps. Mais une voix calme et grave s'éleva soudain de derrière le mur.

— Tu lui as fait mal, il s'est vengé.

Norma recula d'un pas. De l'ombre de l'arbre apparut un vieux monsieur avec un chapeau un peu ridicule. Comme il n'avait pas l'air méchant, Norma n'eut pas peur.

— Quoi? demanda-t-elle.

— L'arbre. Tu as arraché ses feuilles, il t'a arraché la peau. Juste retour des choses…

— Excusez-nous, monsieur, dit Pablo. On ne voulait pas abîmer votre arbre.

Le vieil homme s'appuya sur le muret et le regarda en souriant.

— Il se défend bien tout seul, remarqua-t-il. Tu me sembles être un brave garçon.

— Et moi, je suis pas une brave fille ? dit Norma.

— Toi ? répondit le vieil homme en riant. Toi, tu es sûrement la pire peste que la terre ait portée !

Pablo craignit un instant que Norma ne lui sorte un assortiment choisi de gros mots. Mais Norma aimait l'idée d'être la pire peste que la terre ait portée.

— Je suis M. Cardot. C'est vous qui venez de vous installer à côté, je suppose.

— Oui, monsieur. Je m'appelle Pablo et c'est Norma, ma petite sœur. On est... avec notre maman.

— Ça, je l'avais compris, répondit M. Cardot en hochant la tête. J'étais là quand vous êtes arrivés… Je ne vous espionnais pas, je bêchais un peu les plates-bandes.

Norma soufflait sur sa paume écorchée. Pablo eut l'impression que M. Cardot était du genre à se mêler de ce qui ne le concernait pas. Aussi profita-t-il de la situation pour prendre congé.

— Il faut soigner ta main, Norma. Rentrons à la maison. Au revoir, monsieur.

M. Cardot eut l'air déçu. Il était tout seul dans sa grande maison, sauf quand Tatine, sa femme de ménage venait. Et elle ne venait que quand ça lui chantait. Il aurait bien voulu retenir les deux enfants. Il les regarda s'éloigner sur la route, poussant leurs vélos. Il soupira, pensa à ses livres de mathématiques et à la saison des pommes puis s'en retourna chez lui.

Le chat noir était couché sur le perron. Sa queue battait mollement contre ses flancs. Ses yeux mi-clos laissaient passer un éclair jaune. Le premier mouvement de Norma fut de se précipiter pour le caresser. Pablo l'attrapa par le bras.

– Minute! Est-ce que tu veux saigner de l'autre main, aussi? On ne sait pas d'où il vient cet animal. Et je lui trouve un drôle d'air…

– Mais c'est qu'un petit minet!

Pablo observa le chat qui l'examinait en retour. La bête était maigre mais il n'avait rien d'un gentil petit minet à sa mémère… C'était, sans doute, un de ces chats à moitié sauvages comme il y en a dans les campagnes.

– Je préfère que tu n'y touches pas, dit Pablo. Mais si tu veux, on peut lui donner un peu de lait dans une assiette.

Le chat se leva quand ils s'approchèrent. Il ne s'enfuit pas, il s'écarta simplement et leur emboîta le pas quand ils entrèrent. Pablo versa du lait. Le chat mit le museau dedans et se détourna.

– Monsieur fait le difficile, en plus! râla Pablo.

— Il a raison ! répondit Norma. C'est du lait UHT, c'est dégueulasse !

Le chat sauta sur la table. Il restait une tartine entamée que Norma avait laissée. Il se mit à lécher le beurre.

— Tu vois ! Il a bon goût, lui ! constata Norma.

Elle passa sa main écorchée sous le jet du robinet. Elle se souvint alors de cette autre main couverte de sang... Pourquoi la chanteuse de la veille se blessait-elle ainsi, exprès ? *Humm, humm, hummm, j'entends la chanson sereine du rossignolet joli...*

— Qu'est-ce que tu fredonnes ? demanda Pablo.

— Chais pas, répondit Norma.

Le chat monta sur l'évier et miaula devant la fenêtre. Pablo lui ouvrit et le chat sortit dans le jardin. Norma le suivit des yeux. Elle aurait voulu qu'il reste, qu'il s'installe dans un fauteuil et mette des poils partout. Le chat courut quelques minutes après un insecte qu'il finit par attraper. Norma s'amusait à l'observer. Et tout à coup, une pierre traversa le jardin et frappa le chat à la tête. L'animal vacilla, se coucha brutalement dans l'herbe.

Norma avait été tellement surprise qu'elle n'avait pas crié. Elle saisit Pablo par la manche.

– On a envoyé un caillou au petit chat !

– Tu t'es sûrement trompée, dit Pablo en regardant à son tour par la fenêtre.

Mais il vit l'animal sur le flanc. La lèvre de Norma tremblait. On avait tué le petit chat !

– Viens vite ! Il n'est peut-être qu'étourdi !

Norma suivit son frère tout en pleurant. Pablo s'agenouilla près de la bête. Elle respirait toujours. Le sang coagulait déjà. Pablo hésita puis prit le chat dans ses bras. Norma était restée à l'écart, secouée par les sanglots.

– Pa... Pablo...

– Il est vivant, répondit-il.

– Pppa, Ppaablo...

Pablo leva la tête. Norma regardait vers le portail.

Sur la route, il y avait une femme tout habillée de noir. Un fichu cachait ses cheveux. On ne voyait dans ce visage blanc que les deux yeux enfoncés et sombres. Elle tenait ses mains devant elle, les deux index croisés. Sa bouche se tordit en un rictus mauvais.

— *Vade retro, Satana.*

Pablo se rapprocha de sa sœur, dans un mouvement protecteur.

— Vous voulez quelque chose, madame ? réussit-il à dire.

Elle ne répondit pas, toujours les doigts en croix. Elle cracha par terre. Elle se retourna lentement et partit en direction du village.

Minet était lové au creux du fauteuil. Pablo avait lavé le sang collé à ses poils et, maintenant, le chat somnolait paisiblement. Norma était assise dans la cheminée.

— Il va bien finalement, dit Pablo.

— Il est tout gentil, répondit Norma en reniflant. Il t'a laissé le soigner sans bouger !

— Je crois qu'il était encore un peu sonné... Mais je ne sais pas ce que va dire maman en rentrant...

— C'est elle... C'est cette méchante femme qui lui a jeté le caillou !

— On ne l'a pas vue faire, Norma. Y a des gens qui pensent que les chats noirs portent malheur. C'est ça... *Vade retro, Satana.*

— Ça veut dire quoi ? demanda Norma.

— C'est pour chasser le diable. « Va-t'en, Satan ! »

Norma plongea en avant pour entourer le chat de ses bras. Il ouvrit un œil, posa une patte sur l'épaule de la fillette.

— C'est pas Satan ! C'est un gentil petit chat !

Et, en réponse, Minet se mit à ronronner.

CHAPITRE 3
L'histoire de la chouette blanche

Fleur apprécia modérément de trouver un chat dans son fauteuil. Elle aima encore moins le récit qui allait avec. Que quelqu'un eût le culot de jeter des pierres dans le jardin où jouaient ses enfants la mettait hors d'elle.

Minet savait quand sa présence était indésirable. Une longue habitude de chat noir, sans doute. Dès qu'il en eut l'occasion, il quitta la maison. Norma en était toute chagrinée. Fleur la consola en lui disant que le chat reviendrait sûrement, de temps en temps.

Pablo passait en revue le contenu de son cartable tout neuf. Les beaux cahiers et les classeurs pimpants, la trousse écossaise et les stylos. Il se sentait grand. Il entrait en sixième. Il n'appréhendait pas le collège. Il était persuadé de se faire des amis et de suivre les cours sans problème. Encore trois jours d'attente. Il avait hâte.

Norma avait décidé qu'elle détestait l'école. Pour embêter sa mère. Ce serait la première fois que Norma et Fleur seraient dans le même établissement. Ça promettait quelques sérieux ennuis. L'instituteur de Norma s'appelait M. Brunet. Elle avait toujours eu des institutrices à la maternelle et au CP. Fleur pensait que c'était une bonne chose qu'elle ait affaire à un homme, cette année. Fleur avait parlé avec son collègue et l'avait trouvé attentif et concerné. Elle était rassurée.

Il y avait du courrier, signe que le facteur les avait repérés. Une seule lettre : le chèque de la pension alimentaire. Au moins, on ne pouvait pas reprocher à leur père de négliger les enfants. Il payait régulièrement à la fin du mois. Une façon d'alléger son sentiment de culpabilité.

Fleur proposa d'aller visiter le village après le déjeuner. On lui opposa un manque d'enthousiasme flagrant. Pablo avait envie de ranger sa chambre à son idée. Cela se résumait à punaiser ses posters. Les basketteurs de la NBA sur la porte et l'équipe de France de football au-dessus de son lit. Et les Simpson à côté du bureau. Norma, elle, n'avait aucun projet en dehors de dire «non» à sa mère.

Fleur les traîna au village contre leur gré. Ils partirent à pied sous le soleil. Les deux enfants boudaient. Fleur eut beau leur montrer là le petit bois, là les poiriers chargés de fruits et oh, les jolies roses! rien ne leur arracha un sourire.

La vieille épicerie eut plus de succès. Il y avait des pots de confiture «faite maison». Norma choisit pour elle celle aux prunes et Pablo préféra celle aux fraises. Mme Jean, l'épicière, était une jeune femme particulièrement bavarde. Elle leur posa des tas de questions et la conversation d'abord anodine prit un tour inattendu.

– Moi aussi, je viens de la ville, dit Mme Jean. J'habitais Bourges. Mon mari et moi, on en a eu assez et on est venus ici… Oh, je regrette pas mais… les gens ne vous acceptent pas facilement dans le coin. On me tolère parce que j'ai repris l'épicerie. Je vous dis ça… c'est pas pour vous inquiéter. Seulement, ne vous étonnez pas si on vous regarde de travers. Pour eux, on reste des étrangers.

– Mais le voisin, répondit Pablo, M. Cardot, il a l'air très gentil !

Mme Jean rit et lui tapota la tête. Pablo avait horreur de ce genre de familiarité.

– Mon garçon, M. Cardot, c'est un étranger, lui aussi ! C'est un professeur de maths à la retraite. Je crois bien qu'il écrit des bouquins. Des bouquins de maths !

Pablo se recoiffa. Il pensa qu'un prof de maths à côté de chez lui, ça pouvait être très utile.

— Mais si je vous dis ça… reprit Mme Jean, c'est pour vous prévenir. Ici, il faut respecter les règles. On a vite fait d'avoir des problèmes.

— Quelles règles ? demanda Fleur.

— Difficile à expliquer… C'est pas comme des lois… rien n'est écrit ! Tenez… quand on est arrivés, il y a cinq ans, on avait une chouette blanche dans le grenier. Nous, ça ne nous gênait pas du tout, elle mangeait les souris et les mulots. Mais j'ai eu la mauvaise idée d'en parler à la boutique. J'ai vu qu'il y avait comme un malaise. J'ai pas du tout compris ! Et, deux heures plus tard, la mère Richet est entrée ici.

Instinctivement, Mme Jean baissa la voix et surveilla sa vitrine.

— Elle m'a ordonné de la tuer… la chouette. Je dis bien « ordonné ».

— Pourquoi ? s'exclama Fleur.

— C'est ce que j'ai demandé ! Parce que la chouette, c'est un oiseau de malheur. Voilà, pourquoi. J'ai répondu que je ne croyais pas à toutes ces superstitions idiotes. Eh bien! je vous le donne en mille, la mère Richet m'a menacée. Elle m'a dit que plus personne ne mettrait jamais les pieds à l'épicerie.

Mme Jean s'interrompit pour juger de l'effet de son histoire.

— Mais qu'est-ce que ça pouvait lui faire que vous ayez une chouette chez vous? demanda Fleur.

— C'est comme ça, répondit Mme Jean. Vous faites ce qu'on vous dit de faire. Ou plus exactement, ce que vous dit de faire la mère Richet. Elle n'est ni le maire ni le curé mais tout le monde lui obéit.

— Vous avez tué la pauvre chouette? dit Norma.

— Ben, on n'a pas eu le choix... De toute la semaine qui a suivi, on n'a pas eu un client. Le samedi, la mère Richet est revenue. Elle a dit que c'était un bon jour pour tuer la chouette et qu'il fallait la clouer sur la porte de notre grange pour éloigner le malheur. Mon mari l'a fait… Moi, j'étais pas d'accord. Mais M. Jean, lui, il est né dans ces campagnes. Il pense qu'y faut pas contrarier les gens comme la mère Richet. Elle a du pouvoir, vous savez… C'est une jeteuse de sorts. Dans le pays, on en a peur.

Vade retro, Satana… Pablo revoyait la femme aux yeux méchants, les doigts croisés devant elle. Elle avait frappé Minet avec une pierre. Comme la chouette, le chat noir portait malheur. C'était elle, la mère Richet. Mme Jean avait raison, elle faisait peur.

La conversation, sur le chemin du retour, fut beaucoup plus animée que celle de l'aller. Norma s'attendrissait sur la pauvre chouette blanche qui n'avait fait de mal à personne. Elle fit promettre à Fleur de ne jamais tuer une bête parce qu'une horrible bonne femme comme la mère Richet lui dirait de le faire. Fleur l'assura qu'elle ne ferait jamais une chose pareille. Mais elle conseilla à ses enfants de ne pas se mêler de ces histoires et de rester à l'écart des gens douteux.

Pablo fit des cauchemars, cette nuit-là. Il était poursuivi par la mère Richet qui tenait Minet dans une main et la chouette blanche dans l'autre. Elle hurlait après lui : « *Vade retro, Satana !* » Et après, il voyait la chouette clouée sur la porte de leur maison et Minet gisant sur le perron.

Norma ne s'endormit qu'au petit matin. Elle passa presque toute la nuit à se bercer dans son lit, Mini et Maxi serrés contre elle. Elle pensait à la chouette blanche qu'on avait assassinée, au chat noir qu'on avait voulu tuer et à la main... la main pleine de sang, aperçue au travers de la haie. Elle avait essayé d'oublier. Elle y était même parvenue quelques heures. Mais l'histoire de la chouette blanche avait ravivé ce souvenir. Est-ce que la petite fille, celle qui chantait cette drôle de complainte, se blessait volontairement parce que... la mère

Richet le lui avait ordonné? Et si cela lui arrivait aussi? Et si la jeteuse de sorts envoûtait les enfants pour les faire souffrir? *J'entends la chanson sereine du rossignolet joli...* Cette chanson, c'était comme un charme. Elle vous entrait dans la tête et vous hantait pour toujours. *Je reviens des écoles, ma mère...* de quel genre de mère parlait la chanson?

Il avait plu pendant la nuit. À sept heures, les nuages s'étaient dissipés. Cela faisait une semaine que la pluie et le soleil se chassaient l'un l'autre. C'était un temps à champignons.

Fleur était absorbée par ses papiers administratifs quand ses enfants descendirent. Ils avaient tous deux de petites mines. Norma fit goûter à ses nounours la bonne confiture de prunes. Elle avait comme une barre sur le front, pas tout à fait une migraine. Elle avait peu dormi, certes, et elle savait pourquoi. Mais il y avait quelque chose enfoui dans sa mémoire qui refusait de sortir. C'était ça, la barre. Un poids.

Pablo n'avait toujours pas punaisé ses affiches. C'était un prétexte commode pour retourner s'enfermer dans sa chambre. Il n'avait envie de parler à personne. Norma abandonna Mini et Maxi dans les bols. Elle espérait trouver Minet dans le jardin. Il n'y était pas. Toute à sa déception, Norma fit le tour de son nouveau domaine. Ce fut vite fait.

Le muret du fond était un peu effondré. Norma l'escalada et atterrit sur le chemin boueux du bois. Fleur lui avait dit qu'il y avait des biches et des sangliers dans la région. Norma aurait bien aimé voir une biche. Un sanglier, beaucoup moins. Elle hésita. Devait-elle s'aventurer dans le bois ? Si elle restait à proximité des maisons, il y avait peu de risques. Elle s'avança sur le sentier. Au début, elle prenait soin d'éviter les ornières pleines d'eau. Et puis elle pensa que sa mère enragerait si elle revenait sale comme un goret. Aussi se mit-elle à sauter dans les flaques. C'était très amusant.

Elle s'était éloignée bien plus qu'elle ne l'avait prévu. Un vent léger agitait la cime des arbres. Les feuilles déjà rousses commençaient à tomber, annonçant un automne précoce. Norma s'arrêta, l'oreille aux aguets. Il y avait du remue-ménage dans le parterre de feuilles. Elle s'approcha doucement. Un écureuil fouillait le sol. Soudain l'animal s'immobilisa et se redressa. Il avait entendu quelque chose et ce n'était pas Norma. L'écureuil fila le long d'un tronc.

Norma en aurait bien fait autant. Un peu apeurée, elle s'enfonça dans les buissons et s'y accroupit. Elle écouta, surveillant le chemin. Du coin de l'œil, elle aperçut une silhouette entre deux arbres. Sur le moment, elle crut que c'était un sanglier. Et puis elle vit une vieille femme avec un panier. Norma aurait presque ri de sa couardise. La vieille ramassait des cèpes!

Norma resta dans sa cachette et continua de l'espionner. La récolte semblait bonne car le panier débordait. La vieille femme était assez grosse et elle soufflait péniblement. Elle portait un châle élimé sur une robe noire qui lui descendait jusqu'aux chevilles. Des mèches de cheveux gris dépassaient de son foulard noué autour de la tête. Elle n'avait pas l'air bien riche. À l'aide de son bâton, elle soulevait les amas de feuilles. Dès qu'elle avait trouvé un champignon, elle se baissait. Elle avait peine à se relever. Elle jugea sans doute qu'elle en avait cueilli assez et regagna le chemin.

Mais du tournant du sentier, une autre femme surgit, un panier au bras.

Norma étouffa une exclamation. Elle avait reconnu la nouvelle venue. C'était la mère Richet.

La vieille aux champignons stoppa net. Norma voyait l'expression de son visage, un mélange de peur et de haine. La mère Richet s'avançait d'un pas mesuré, la bouche tordue en un méchant rictus.

Norma se recroquevilla dans son buisson. Elle aurait préféré rencontrer un sanglier.

La vieille femme regardait tout autour d'elle, comme si elle espérait un quelconque secours. Et soudain, elle leva son bâton d'un geste menaçant. La mère Richet éclata de rire.

— Et tu vas faire quoi, Éponine. Me frapper ?

Éponine baissa le bâton et cracha trois fois par terre. La mère Richet arrêta de rire.

— Crache plutôt devant ta porte, dit-elle. Mais c'est vrai, c'est trop tard pour en éloigner le Malin !

Les lèvres d'Éponine bougèrent sans qu'un son ne sorte. Cela n'échappa pas aux yeux perçants de la mère Richet.

— Tu crois que je te vois pas marmonner tes malédictions ? Croise mon chemin et on saura qui de nous deux est la plus forte à ce jeu-là !

Mais Éponine n'avait pas l'intention de croiser le chemin de la mère Richet. Elle s'enfonça dans les taillis avec une vivacité que ni sa corpulence ni son âge n'auraient laissé présager.

Norma surveillait la mère Richet. Comment allait-elle réagir? En poursuivant Éponine? Non. La mère Richet se contenta de hausser les épaules et de s'en aller à la cueillette des champignons.

Norma s'assura que plus personne n'était en vue pour sortir de sa cachette. Elle avait maintenant la conviction que la mère Richet était une sorcière et Éponine aussi. Deux rivales qui se détestaient et qui s'envoyaient mutuellement les pires sorts.

Norma repartit vers la maison. En passant devant un bouquet de fougères, elle en arracha une. Et ce simple geste lui rappela… la main qui frottait la haie… La main ensanglantée.

À ce moment précis, sa mémoire se débloqua.

Norma s'immobilisa sur le sentier, le cœur battant à cent à l'heure. La main aperçue si brièvement au travers de la haie était une main gauche.

Et il lui manquait le petit doigt.

CHAPITRE 4
Premier jour d'école

Norma avait raconté ce qu'elle avait vu dans la forêt mais n'avait pas parlé de la chanteuse à la main mutilée. Fleur n'aimait pas beaucoup ces histoires. Elle ne reprocha pas à Norma d'être partie seule dans les bois. Elle lui recommanda de ne pas recommencer.

Le jour suivant fut sans incident. Et même, Minet fit une brève apparition comme pour donner de ses nouvelles. Le drame éclata dans la soirée. Norma voulait prendre le car scolaire avec Pablo.

– Norma, c'est ridicule! dit Fleur. C'est moi qui te conduirai!

– Il faudrait que tu te lèves vingt minutes

plus tôt, remarqua Pablo. Si tu crois que ça m'amuse, moi!

Norma trépigna sur place. Elle voulait être comme son frère, une «grande».

– Ça m'est égal! hurla Norma. Je veux pas arriver à l'école avec ma mère! On va me traiter de bébé! De chouchou de la maîtresse! C'est la honte!

– Tu n'es pas dans ma classe, répondit Fleur. Oh et puis, flûte! Tu veux prendre le car? Très bien! Mais je te préviens: si tu traînes au lit et que tu te plaignes, une fois et une seule, tu partiras en voiture avec moi pour le restant de l'année!

Norma se calma et réfléchit. Le marché était acceptable. Fâchée d'avoir à nouveau cédé, Fleur se vengea en l'envoyant se coucher à huit heures. Norma ne protesta pas, de peur qu'elle ne change d'avis.

Pablo n'avait pas fait d'autres cauchemars mais n'avait pas mieux dormi. L'angoisse de ne pas se réveiller pour son premier jour au collège! Norma avait des cernes jusqu'au milieu du visage.

— À voir vos têtes, on croirait que vous avez passé tout l'été à pousser des wagons au fond d'une mine, soupira Fleur.

— On dort mal ici! répondit Norma. Moi, je ne dors bien que dans le bruit de la circulation et la pollution! Je veux rentrer à Paris!

— C'est parce qu'on est pas encore habitués… dit Pablo. Dépêche-toi un peu, on va rater le car!

— Vous êtes sûrs que vous allez trouver l'arrêt? demanda Fleur. Je préférerais vous y conduire.

Pablo et Norma échangèrent un regard catastrophé. Et pourquoi pas les tenir par la main, pendant qu'elle y était?

— Oh ça va! J'ai compris! s'exclama Fleur. Eh bien, allez-y! Moi, j'ai encore vingt bonnes minutes à flemmarder… J'en ai de la chance!

Ils ne risquaient pas de manquer l'arrêt. Il était sur la route départementale juste à l'entrée du village. Quand ils arrivèrent, fièrement, il y avait déjà trois enfants qui attendaient.

— Salut, dit Pablo, je vais au collège. Et vous?

Une fillette aux cheveux bouclés secoua la tête. Le garçon qui l'accompagnait répondit:

— Ouais. Je suis en cinquième.

Ils se présentèrent. Le garçon s'appelait Pascal et la fille Cindy. Ils ne tardèrent pas à découvrir qu'elle était la pire commère des environs, malgré ses huit ans.

Sur le talus, à l'écart, il y avait une autre fille. Elle gardait obstinément le visage baissé. Une magnifique natte noire lui descendait jusqu'aux reins. Elle avait les joues pâles et creuses, un air maladif. Ses deux mains étaient enfoncées dans les poches d'un vieux manteau trop petit.

— À elle, faut pas parler… murmura Cindy.
— Pourquoi? demanda Norma.

— Nos parents nous l'ont interdit, répondit Pascal.

— Moi, je fais jamais ce que dit ma mère ! s'exclama Norma en riant.

Cindy se rapprocha d'elle pour être sûre de ne pas être entendue par la fille.

— Son père est en prison… C'est un assassin !

Un frisson parcourut le dos de Norma. Pablo fronça les sourcils. Il ne supportait pas l'injustice.

— Ce n'est pas de sa faute ! répondit-il.

— Il a tué qui ? dit Norma que cela fascinait.

— Sa femme… souffla Cindy.

Norma ouvrit de grands yeux effarés. Un père en prison et une mère morte ! Qui s'occupait d'elle ?

— C'est toujours pas de sa faute, dit Pablo.

— P'têt' ben mais de toute façon, elle est complètement folle, répondit Pascal. Ça sert à rien de lui parler, elle ne te répondra pas.

– Et pis, sa grand-mère est une *j'teuse*, ajouta Cindy. Elle a le mauvais œil.

Le car arriva du carrefour, interrompant une conversation que Norma trouvait passionnante. La fille de l'assassin monta la première et fila directement au fond du car. Pablo et Pascal suivirent. Norma attrapa le bras de Cindy.

– Elle s'appelle comment? demanda-t-elle.

– Marthe.

– Non, sa grand-mère?

Le chauffeur leur cria de se dépêcher un peu. Cindy monta sur la marche et se retourna vers Norma.

– Y a des noms qui faut pas dire. Ça porte malheur.

Dans la cour de l'école primaire, Norma se sentit soudain perdue. Pablo était resté dans le car qui le déposerait au collège. Elle ne connaissait personne en dehors de Cindy. Mais celle-ci l'avait abandonnée dès sa montée dans le car pour bavarder avec ses copines.

Norma chercha sa mère du regard. Pour une fois qu'elle avait besoin d'elle, elle n'était nulle part! Marthe était allée s'asseoir contre la grille. Norma se demandait qui était sa grand-mère: Éponine ou la mère Richet? Une j'teuse, c'était une sorcière. Norma espéra qu'il n'y en avait pas plus de deux dans le pays! Elle se souvint brusquement des mots de la mère Richet: «Crache plutôt devant ta porte, mais c'est vrai, c'est trop tard pour en éloigner le Malin!» Elle comprit alors que la mère Richet parlait de l'assassin. La grand-mère de Marthe, c'était Éponine.

Norma observait Marthe à la dérobée. Celle-ci était immobile, toujours tête baissée, absente. Son visage était griffé comme si elle avait reçu une volée de ronces. Elle sortit sa main droite de sa poche pour se gratter sous l'œil. Elle portait des mitaines. Norma compta les doigts. Il y en avait cinq.

La cloche sonna. Marthe se leva lentement, prit sa vieille sacoche de son autre main.

De là où elle se tenait, Norma ne voyait pas clairement mais il lui sembla bien que le petit doigt de la mitaine gauche flottait.

Fleur commença l'appel. Elle avait vingt-deux élèves, dix en CM1 et douze en CM2.

— Amirolle…

Elle leva le regard de sa liste.

— Amirolle ? Marthe Amirolle ?

Les enfants ricanaient. Finalement, un des garçons du CM2 tendit le bras et lui indiqua la petite fille assise seule au fond.

— C'est elle, madame. Elle parle pas.

Tous les élèves l'observaient, curieux de voir la réaction de la nouvelle maîtresse. Fleur reprit l'appel sans faire de commentaire. Mais à la récréation, elle s'empressa de se rendre dans la salle des maîtres.

— Ah ! dit M. Brunet quand elle entra. J'ai

fait la connaissance de votre petite fille ! Ça m'a l'air d'un sacré numéro !

– Hélas… répondit Fleur. Et puisqu'on en est au chapitre des drôles de numéros, que pouvez-vous m'apprendre sur Marthe Amirolle ?

– Oh là… Oui, on aurait dû vous prévenir. Pauvre gosse. Il y a quatre ans, son père a été arrêté pour le meurtre de son épouse. Un crime horrible. Il lui a arraché le cœur, vous imaginez ! Ces gens… Ce sont des attardés. À son procès, son avocat l'a défendu en disant qu'il avait obéi à des *voix*. Des voix qui lui auraient ordonné de tuer sa femme parce qu'elle était possédée par le diable ! Vous vous rendez compte ? D'après ce que je sais, la gamine vit avec sa grand-mère près de l'étang, dans une espèce de cabane. On lui en a laissé la garde. Les mystères de l'administration sont insondables !

– Et Marthe n'est pas suivie par un psychologue ? demanda Fleur, stupéfaite.

— Vous pensez! Personne ne se préoccupe d'elle. Mais vous n'êtes pas au bout de vos surprises. Marthe ne parle pas, c'est vrai. C'est pourtant une bonne élève. Un abruti de psychiatre l'a jugée apte. Soi-disant qu'il faut qu'elle reste dans un milieu scolaire normal. Incroyable, non?

Fleur se servit du café pour se remonter Comment pouvait-on agir de manière si irresponsable? Même si sa grand-mère était une brave femme, la fillette avait besoin d'un soutien psychologique, c'était évident. Marthe n'avait pas enlevé ses mitaines en classe. Fleur avait éprouvé un malaise en s'apercevant qu'il lui manquait un doigt.

— Et... vous savez pourquoi elle n'a pas de petit doigt?

— Non... répondit M. Brunet. Je l'ai toujours connue comme ça. Peut-être un accident. Vous avez sans doute remarqué qu'elle est couverte d'égratignures? Il paraît que la gamine passe son temps à courir les bois. L'assistante sociale l'examine tous les ans à l'école. Elle dit qu'il n'y a pas de marques de coups ni de quelque chose de suspect, alors...

— Alors, j'ai bien l'intention de rendre visite à la grand-mère, conclut Fleur.

— Méfiez-vous, dit M. Brunet. Ces gens-là sont des rustres. Ils peuvent très bien vous recevoir à coups de fusil. Et puis, bon courage pour trouver la maison !

Fleur avala son café en se brûlant la langue. Rien ne pourrait la faire changer d'avis. La petite Marthe avait besoin d'aide. Et tout le monde semblait s'en moquer. Mais pas Fleur.

Pablo, pourtant d'une nature peu bavarde, n'en finissait pas de raconter son premier jour de collège. Il avait déjà trois copains, le prof de français était super, il y avait un stade de foot et même la cantine était chouette. Norma lui répondit que sa cour de récré était grande comme un mouchoir, que M. Brunet était nul et que la cantine était dégueulasse.

Fleur les écoutait, un peu distraitement. Elle pensait à Marthe sans cesse. Que fallait-il faire? L'enlever à la garde de sa grand-mère et l'envoyer dans un foyer? Ou un établissement spécialisé? Était-ce vraiment une bonne solution? Si la seule joie de cette pauvre enfant était de parcourir les bois, l'enfermer serait cruel. Et sûrement pas la meilleure façon de l'aider. Non. Il fallait convaincre la grand-mère de faire suivre Marthe par un psychologue.

— C'est toi qui as la fille de l'assassin? demanda Norma, brusquement.

— Ne dis pas des choses pareilles! la gourmanda Fleur.

— Ben quoi? C'est la vérité! répondit Norma. Il paraît qu'elle est complètement folle!

— Elle a des problèmes, dit Fleur. Elle n'est pas folle.

Norma racla le fond de son pot de yaourt à la vanille. C'était le seul parfum qu'elle ne trouvait pas dégueulasse.

— Moi, je crois qu'elle est folle. Et sa grand-mère, c'est une sorcière.

— Allons bon! soupira Fleur. Ça n'existe pas, les sorcières. Pas plus que les fantômes, les loups-garous et les vampires!

— Mais... et la mère Richet? demanda Pablo.

— C'est une méchante personne, voilà tout. Quelqu'un de malintentionné qui prend plaisir à terroriser les gens avec des superstitions d'un autre âge!

Norma prit un deuxième yaourt dans le réfrigérateur. Comme la nourriture de l'école était immangeable, elle avait intérêt à faire des réserves.

— N'empêche, répondit Norma. La grand-mère de Marthe, c'est une jeteuse de sorts. Tout le monde le dit et, moi, je l'ai vu.

— Quoi? s'exclama Fleur. Qu'est-ce que tu as vu?

— C'est la vieille aux champignons. Y faut pas prononcer son nom, ça porte malheur.

Fleur se prit la tête entre les mains. Il n'avait pas fallu longtemps pour que ses enfants croient à toutes ces histoires idiotes.

– Marthe et sa grand-mère sont pauvres, répondit Fleur. Elles vivent dans les bois et, hélas, leur famille a vécu un drame affreux. C'est suffisant pour que les imbéciles et les mauvaises personnes colportent des tas de ragots et des horreurs sur leur compte. Mais ce n'est pas la vérité et c'est injuste.

– Je suis d'accord, dit Pablo.

Norma préféra se taire. Elle en savait bien plus qu'eux. Sur Éponine et la mère Richet qui s'échangeaient des malédictions dans la forêt. Et sur Marthe. Marthe qui ne parlait pas mais chantait quand elle était seule. Marthe au visage griffé, à la main mutilée. Marthe qui se blessait exprès aux ronces des chemins.

CHAPITRE 5
Georgeon, Sangle et Chavoche

Fleur avait mis un mot dans le carnet de correspondance de Marthe à l'intention de sa grand-mère. Elle avait dit à la fillette de faire lire et signer le mot. Le lendemain, il n'y avait rien d'inscrit dans le carnet. Fleur avait demandé à Marthe si elle avait donné le carnet à sa grand-mère. Marthe n'avait rien répondu, les yeux baissés.

Que Marthe ne parle pas était déjà assez dérangeant. Mais le pire était qu'elle semblait absente, désintéressée. Elle ne regardait jamais les gens en face. Fleur comprit que cela ne servait à rien d'insister. Puisque c'était comme ça, elle irait voir la grand-mère sans y être invitée.

L'adresse de Marthe dans le registre de l'école était pour le moins imprécise. *Amirolle, Étang de la Chavoche*. Et débrouille-toi avec ça...

Comme on était mercredi, les enfants étaient à la maison. Fleur décida de faire quelques courses à l'épicerie. Norma voulut l'accompagner mais Pablo préféra rester seul. Il s'était mis en tête de nettoyer le jardin.

Muni d'une grosse paire de gants, il arrachait les orties avec entrain. Il longeait la haie lorsque son attention fut attirée par des bruits de pas sur la route. Il jeta un œil par une trouée. M. Cardot faisait sa petite promenade. Pablo allait se manifester lorsqu'il aperçut, sortant d'on ne sait où, la mère Richet.

Les deux adultes se croisèrent sur la route. Amicalement, la mère Richet posa sa main sur le bras du vieil homme.

— Et comment allez-vous, à c'te heure ? demanda-t-elle.

M. Cardot sourit et posa sa main sur le bras de la mère Richet.

– Et vous-même ?

– Ma foi, on fait aller… répondit-elle en lui tapotant l'épaule.

– Et moi aussi, dit M. Cardot en lui tapotant l'épaule en retour.

La mère Richet le dépassa et frôla son dos de la main en s'éloignant.

– Alors, bonne journée ! lança-t-elle.

M. Cardot fit prestement demi-tour et lui toucha légèrement le haut du dos.

– Et bonne journée, de même !

Pablo vit la bouche de la mère Richet se contracter puis se transformer en ce qui devait être un sourire. Elle se dirigea vers le bois. M. Cardot était immobile sur le chemin et il riait silencieusement. Très intrigué par leur manège, Pablo gagna le portail et salua M. Cardot.

– Bonjour mon garçon ! Tu étais donc là ?

– Oui, monsieur et je… je vous ai vu avec… cette dame. Je ne veux pas être indiscret mais… Je vous ai trouvé bizarre !

M. Cardot éclata franchement de rire.

— Mon petit gars! Ce n'est pas parce que je ne suis pas du pays que je ne connais pas leurs manières! On ne me la fait pas, à moi! La mère Richet, c'est une jeteuse de sorts. Ou, du moins, c'est ce qu'on dit. Et quand une personne de cette espèce te touche à quelque endroit du corps, c'est pour te jeter un sort! Alors, il faut la toucher à ton tour et lui retourner son sort! Voilà!

— Alors, vous y croyez? demanda Pablo, abasourdi.

— Non, répondit M. Cardot. Si j'agis ainsi, c'est pour que la mère Richet sache que je ne suis pas né de la dernière pluie. C'est une façon de lui signifier de ne pas se mêler de mes affaires car je peux me défendre. Ces gens-là se servent de la peur qu'ils suscitent. C'est là où réside leur pouvoir sur les autres. Montre-leur que tu ne les crains pas et ils te laisseront tranquille.

Pablo repensa à l'histoire de la chouette blanche. Mme Jean n'avait pas voulu obéir au début. Mais elle avait cédé. Alors… Il n'était pas sûr que la méthode de M. Cardot fût vraiment efficace.

— Elle peut faire du mal, la mère Richet? demanda-t-il.

— Sans doute, répondit M. Cardot. Les gens bien intentionnés dans son genre imaginent des tas de moyens de te causer des ennuis. Ça n'est pas de la sorcellerie, c'est de la malveillance.

— Elle a lancé une pierre à un chat dans notre jardin, dit Pablo, gravement.

M. Cardot hocha la tête. Cela ne l'étonnait pas.

— Allons! Oublie ça, va! Est-ce que tu aimes les jeux mathématiques?

— On peut jouer en faisant des maths? dit Pablo. Première nouvelle!

— Mais bien sûr! s'exclama M. Cardot. C'est même ma spécialité! Surtout la logique… Tiens… Hum… Je te parie un franc que si tu me donnes cinq francs, je t'en rendrai cent! Alors, à ton avis, dois-tu accepter mon pari?

Pablo fronça les sourcils et chercha en vain où était le piège.

— Ben... Je ne sais pas. Cent francs pour cinq francs... heu...

— N'accepte pas, répondit M. Cardot. Parce que si tu me donnes cinq francs, je te dis «j'ai perdu» en te donnant un franc. Et j'ai gagné quatre francs. La logique, jeune homme! La logique!

Pablo pensa qu'en fait de logique, c'était plutôt de l'escroquerie.

Il y avait deux clientes dans l'épicerie quand Fleur et sa fille entrèrent. Norma se précipita sur les bocaux de confitures.

— Mesdames, dit Fleur. Comment allez-vous, madame Jean? Vos confitures sont appréciées comme vous pouvez le constater!

Mme Jean sourit au compliment. Fleur se sentait observée. Elle aurait préféré trouver l'épicière seule. Elle s'attarda devant les étagères en espérant que les clientes s'en aillent. Mais elles faisaient la causette tout en la dévisageant.

— L'hiver va être rude, dit la plus âgée. Mon genou craque. C'est le signe!

— Oui, répondit celle qui avait le nez de travers. Les abeilles ne bougent plus des ruches. Mon homme me l'avait fait remarquer dès juillet: «Elles s'activent trop cet été, l'automne sera en avance.»

Il devint évident qu'elles n'allaient pas partir. Fleur se lança.

— Dites, madame Jean, pouvez-vous m'indiquer le chemin pour aller à l'étang de la Chavoche?

Trois paires d'yeux fixes et un silence pesant. Fleur se racla la gorge.

— C'est... Je dois voir la grand-mère de Marthe Amirolle. Je suis l'institutrice de la petite...

— Je ne vous le conseille pas, répondit la vieille cliente.

— C'est mon travail, madame, dit Fleur.

— C'est un endroit maudit, ajouta la vieille. Il y a le Georgeon qui habite là-bas!

— Pardon? dit Fleur.

— Ces étrangers! siffla la cliente au nez tordu. Y croient tout savoir!

— Je n'ai pas cette prétention, répondit Fleur, un brin énervée. Et ce que je fais, ce que je crois et où je vais ne concerne que moi, il me semble!

La cliente releva son nez tordu d'une manière méprisante.

— Allez viens, la mère Piron, il est temps de rentrer chez soi!

Elle passa son bras sous celui de la vieille femme et elles sortirent toutes les deux. Norma tira la langue dans leur dos. Fleur surprit son geste mais ne la réprimanda pas: elle en aurait bien fait autant!

— Vraiment aimables! dit Fleur. Qu'est-ce que c'est encore que cette histoire? Le Georgeon? Qui c'est ça?

— Celui dont on ne prononce pas le nom, répondit Mme Jean. Vous voyez qui je veux dire ?

— Non... Ah, ce n'est pas le diable, quand même ?

Mme Jean fit « oui » de la tête.

— C'est comme ça qu'on l'appelle dans le Berry. Vous savez, moi, je n'y crois pas à tous ces contes de bonne femme. N'empêche que je n'irais pas traîner du côté de l'étang de la Chavoche !

— Pourquoi ?

— D'abord, il faut traverser le bois des Sangles et déjà, j'y tiens pas... Et pis, la mère Amirolle et son fils assassin ! Merci bien !

— Il est en prison, répondit Fleur. Je ne vois donc pas où est le danger. Le bois des Sangles... c'est celui qui commence par chez nous ?

— Oui et je vous recommande la prudence. C'est un bois... pas sûr. Enfin, moi, j'en pense... pas grand-chose mais c'est M. Jean. Il prétend qu'il y a des sangles là-dedans. Des serpents. Ils s'entortillent autour de vous et vous étouffent. J'en ai jamais vu.

— Je suppose que *personne* n'en a jamais vu! s'exclama Fleur.

Norma fit une drôle de tête. Elle s'était accroupie dans les buissons d'un bois où vivaient d'horribles serpents! Elle l'avait échappé belle!

— Et vous en avez encore d'autres comme ça à me raconter? demanda Fleur.

— Des tonnes, répondit Mme Jean. Et en dehors de ça, l'étang n'est pas le meilleur endroit pour se promener. Franchement, c'est sinistre.

— Je ne veux pas aller me promener, répondit Fleur. J'y vais pour une raison précise.

Mme Jean ouvrit grands ses bras qu'elle laissa retomber en se claquant les cuisses.

— Très bien! Suivez le chemin, c'est tout. Vous arriverez à l'étang!

Fleur la remercia et paya ses achats. Norma

n'oublia pas d'ajouter son pot de confiture à la rhubarbe.

– Madame Jean, c'est quoi une chavoche? demanda-t-elle.

– Une chavoche, ma petite fille, c'est une chouette. Encore un animal du... heu... Georgeon.

Fleur ne fit pas de commentaire. Mme Jean prétendait ne pas croire à toutes ces histoires à dormir debout. Mais elle disait «Georgeon» pour ne pas avoir à dire «diable»...

Fleur reporta sa visite à la grand-mère de Marthe. Norma lui demanda si elle avait peur d'y aller. Fleur répondit que non, qu'elle avait trop de choses à faire aujourd'hui et que ci et ça... Et pour preuve, elle se lança dans la confection d'un gâteau aux poires.

Norma voulut aider Pablo à nettoyer le jardin. Cela se bornait à lui prodiguer nombre de conseils et à tout critiquer. Tant et si bien que Pablo finit par l'envoyer voir ailleurs s'il y était.

Norma s'assit sur le muret effondré. Puis elle se releva vivement. Elle inspecta les pierres. Et s'il y avait des sangles là-dedans ? Sa mère lui avait assuré que les sangles n'existaient pas. Les serpents décrits par Mme Jean ressemblaient à des boas constrictors et Fleur était tout à fait sûre qu'il n'y en avait pas dans le Berry. Mais Norma avait bien compris ce qu'étaient vraiment les sangles. Ce n'étaient pas des serpents ordinaires. C'étaient des créatures du Georgeon.

Cependant, il faisait jour et le soleil brillait. Le bois n'avait rien d'inquiétant. Norma passa de l'autre côté du muret. Elle n'avait pas l'intention de s'éloigner. Juste de s'amuser un peu à chercher des champignons autour de la maison.

La cueillette fut décevante. Hormis un vieux cèpe rongé par les vers et un champignon à l'allure douteuse, Norma ne trouva rien. Il aurait fallu, comme Éponine, s'enfoncer dans les sous-bois et soulever les paquets de feuilles pourrissantes. Les sangles s'attaquaient-elles aux sorcières? Probablement pas. Norma décida qu'elle était une sorcière, elle aussi. Elle s'inventa quelques formules magiques. Une pour se protéger des sangles: «*Créatures des bois, sangles du Georgeon, je suis votre amie dans les bois* (elle n'avait pas trouvé mieux) *votre fidèle compagnon!*» Et une autre formule pour se défendre contre les j'teuses: «*Jeteuses de sorts, jeteuses de mort, partez d'ici, je vous maudis!*» Elle était particulièrement fière de celle-là et se la répétait à mi-voix en sautant à cloche-pied sur le chemin.

Les rimes appelaient-elles les rimes? Norma entendit un écho à ses i. *Nuit... Paris... Joli...* Instinctivement, elle se cacha dans les fougères. Tant pis pour les serpents. Elle avait reconnu la mélodie. La voix se rapprochait.

Tu as menti là, mon drôle.
Tu reviens de voir ta mie
Je voudrais la voir morte.
Et avoir son cœur ici.

> *J'entends la chanson sereine*
> *Du rossignolet joli.*
> *Que donneriez-vous ma mère*
> *Si je la faisais mourir?*
> *Je donnerais chemise blanche*
> *De l'argent à ton plaisir.*
> *J'entends la chanson sereine*
> *Du rossignolet joli.*
> *Il est allé voir sa belle*
> *Sitôt le soleil levé.*
> *En arrivant à sa porte*
> *L'entendit minuit sonner…*

Marthe apparut au tournant du chemin. Norma frémit. Allait-elle enfin savoir la suite de la complainte?

> *J'entends la chanson sereine*
> *Du rossignolet joli…*

Marthe s'interrompit et se retourna. Norma ne voyait plus que son dos. Que se passait-il? Un léger bruissement de feuilles mortes… La silhouette élégante d'une biche se dessina devant les arbres. Elle secoua ses oreilles, regarda Marthe et, sans crainte aucune, traversa le chemin. Elle disparut dans les profondeurs du sous-bois. Norma avait porté les mains à sa bouche pour étouffer une exclamation. Tout émerveillée par la vision, elle en oublia presque Marthe. Elle s'en souvint à temps, sur le point de sortir de sa cachette pour suivre la biche.

Marthe était repartie dans l'autre sens. Sans doute ne désirait-elle pas gagner les habitations.

Il la prend par sa main blanche,
Au jardin l'a emmenée.
Il a pris sa claire épée,
Le p'tit doigt lui a coupé.
J'entends la chanson sereine
Du rossignolet joli…

Le vent emporta les paroles par-dessus les cimes.

Le p'tit doigt lui a coupé.

CHAPITRE 6
Les deux sorcières

Norma gardait son secret. Pourquoi? Sans doute sentait-elle qu'elle n'avait pas encore toutes les réponses. De sorcière, elle était passée à détective. Elle observait Marthe, de loin, dans la cour de récréation.

Le petit doigt... coupé? Qui le lui avait coupé? Son père, l'assassin? Les rumeurs circulaient dans l'école. Fleur n'avait pas rapporté le récit de M. Brunet. Mais Norma savait, par la commère Cindy, que le père assassin avait arraché le cœur de sa femme.

Je voudrais la voir morte
Et avoir son cœur ici.

Éponine était la mère de l'assassin. Était-ce elle, comme dans la chanson, qui avait demandé à son fils de tuer la femme aimée? Parce qu'elle croyait que sa belle-fille était possédée par le Georgeon? Ça n'était pas logique. Ou alors Éponine n'était pas une jeteuse de sorts. Mais, de toute façon, cela n'expliquait pas le petit doigt coupé. À moins que... Et si, une fois sa mère morte, Marthe avait été menacée par le Georgeon? Peut-être que l'on pouvait empêcher le diable de s'installer dans le corps des gens en leur coupant un doigt?

Même avec beaucoup d'imagination, et elle en avait, Norma ne voyait pas en Éponine une vraie sorcière. Elle se souvenait de la rencontre dans la forêt, de la peur d'Éponine face à la mère Richet. De sa peur et de sa haine.

Si seulement elle arrivait à faire parler Marthe... Elle n'oserait jamais essayer à l'école. À cause des autres. Tous les enfants se tenaient à l'écart de Marthe. Elle avait le mauvais œil.

Norma craignait qu'on la rejette également si elle s'approchait de Marthe. Le seul moyen était d'accompagner Fleur quand elle irait à l'étang de la Chavoche. À la condition qu'elle accepte. Et rien n'était moins sûr.

Pablo peignait la porte de sa chambre en bleu. Il avait promis de faire très attention à ne pas mettre de peinture sur les murs blancs. Il avait soigneusement recouvert le sol avec de vieux journaux. Il était assez fier de son travail. Un travail de grand.

Dans le salon, Norma faisait la lecture à Maxi et Mini. Elle leur lisait une histoire d'ours. Fleur nettoyait l'intérieur des placards de la cuisine. La porte d'entrée était ouverte car le temps s'était radouci.

Au moment où elle tournait une page, Norma regarda vers le jardin. Elle sursauta et appela Fleur aussitôt.

– Maman ! Maman ! Il y a cette... quelqu'un dans le jardin !

Fleur apparut sur le seuil. Norma se leva pour la suivre. Elles sortirent.

— Bonjour, madame, dit Fleur. Vous désirez quelque chose ?

— Je viens te visiter. On m'appelle la mère Richet.

Norma, à l'abri derrière Fleur, observait la j'teuse. La mère Richet paraissait plus jeune de près. Mais ses vêtements noirs et son visage dur la vieillissaient. Elle ébaucha un sourire pour donner l'illusion d'être aimable.

— Je viens te rendre un service, dit-elle. Je sais que tu n'es pas du pays, cela excuse beaucoup de choses... Et je suis compréhensive...

Fleur sentit les cheveux de sa nuque se hérisser. La voix douce et le sourire ne dissimulaient pas complètement la méchanceté de la mère Richet. Au contraire, elle n'en semblait que plus menaçante.

— Je ne comprends pas, répondit Fleur.

— Je viens te porter conseil. Il ne faut pas aller à l'étang de la Chavoche.

— Et pourquoi ?

— Je viens te prévenir. La vieille Éponine ne t'apportera que du malheur.

— Désolée, dit Fleur, sèchement. Mais je ne comprends toujours pas !

— Je viens t'avertir. Il n'est pas bon de désobéir.

— À qui ? À vous ?

— Je viens te mettre en garde. Il y a des *lois*.

— Je ne connais que celles de la République, dit Fleur. Je vous remercie de votre visite. Au revoir.

La mère Richet avait toujours son sourire. Son regard descendit vers Norma. Elle avança la main et la posa sur la joue de la fillette. Norma recula aussitôt.

— Jolie petite fille.

Puis elle leur tourna le dos et s'en alla tranquillement. Fleur mit les poings sur ses hanches.

— Quel culot, celle-là ! murmura-t-elle.

Fleur ne fit pas d'autres commentaires devant Norma. Mais elle était troublée. Les formules répétitives de la mère Richet «je viens te...», qui, d'anodines au départ, étaient devenues de plus en plus inquiétantes, avaient tout d'un sortilège.

Fleur avait détesté que la mère Richet se permette de toucher Norma.

Pourquoi cette mauvaise femme lui avait-elle interdit de rencontrer la grand-mère de Marthe? Car, ces fameuses *lois*, c'étaient les siennes. *Il n'est pas bon de désobéir...* C'était une menace à peine déguisée.

Pablo apparut sur le perron. De la fenêtre de sa chambre, il avait vu la mère Richet poser la main sur la joue de Norma. Il était descendu le plus vite qu'il avait pu mais trop tard. La mère Richet était déjà repartie.

Pablo ne sut que faire. Il regretta de ne pas avoir parlé de la conversation avec M. Cardot. Il aurait fallu que Norma touche la mère Richet pour lui renvoyer son sort. Il choisit de se taire. C'était inutile d'affoler sa sœur. Et puis peut-être que M. Cardot avait raison, tout ça c'était du vent. Il n'arriverait rien. Fleur avait très bien réagi, elle avait affronté la mère Richet sans peur. C'était sûrement suffisant. Sûrement…

Pablo regarda la joue de Norma. Il n'y avait aucune trace, aucune marque, rien de bizarre… Il se secoua. Les sorcières, ça n'existait pas.

Fleur passa sa rage en frottant les placards. Cette sale bonne femme l'avait mise hors d'elle.

Au début, Fleur avait été un peu hésitante. Elle ne savait plus trop si elle voulait se rendre à l'étang de la Chavoche. Ah, la mère Richet croyait l'influencer? Eh bien, justement! Elle l'avait convaincue d'y aller!

L'après-midi était trop avancé pour s'aventurer dans les bois. Fleur avait une réunion le lendemain après l'école. Elle décida donc de reporter sa visite au samedi matin. Elle était impatiente de rencontrer la grand-mère Amirolle. Elle avait dans l'idée que celle-ci lui en apprendrait de belles sur la mère Richet.

Fleur s'arrêta de frotter. Que lui arrivait-il ? Voilà qu'elle réagissait comme toutes ces commères de village. C'était Marthe qui était importante, pas la mère Richet.

Pablo fut tout à fait rassuré sur l'état de santé de sa petite sœur en la voyant dévorer son poulet rôti.

— C'est assez dégueulasse à ton goût ? demanda-t-il en riant.

Norma se servit une pleine assiettée de pommes de terre au jus.

— Bien obligée de manger ça, répondit-elle. Je peux rien bouffer à la cantine tellement c'est dégueulasse !

— Il y avait de la pizza, ce midi, dit Fleur. Et tu en as pris deux portions !

— Si on en prend pas, le cuisinier vous fout son poing dans la gueule.

— Norma! se fâcha Fleur. J'en ai assez de toutes ces vulgarités! Et puis, tu racontes n'importe quoi! Le cuisinier de l'école est absolument adorable avec les enfants!

Norma fit un clin d'œil à Pablo et avala une pomme de terre trop grosse pour sa bouche. Elle en recracha la moitié. Pablo émit un «oh» dégoûté.

— Mais où as-tu appris ces manières? soupira Fleur.

— Je m'entraîne pour les vacances avec papa, répondit Norma après avoir dégluti. Sa nana supporte pas les gosses mal élevés. Alors, moi, je me marre.

— Si tu continues comme ça, remarqua Pablo, papa ne voudra plus nous voir.

— M'en tape!

— Eh ben, pas moi. Et pis je croyais que tu voulais vivre à Paris, avec lui?

— Non, je veux vivre toute seule! répondit Norma. Comme ça plus personne ne me fera ch... heu... Si je le dis, ce mot-là, j'aurai quand même droit à mon yaourt à la vanille ?

— Ça m'étonnerait, dit Fleur, sobrement. Et pour ce qui est de vivre toute seule, tu attendras d'avoir dix-huit ans.

Norma finit son assiette et se leva pour prendre son yaourt dans le frigo.

— On peut jamais rien faire quand on est petit ! C'est pas juste !

— Arrête, tu vas me faire pleurer, répondit Fleur.

Cela fit rire Pablo.

— N'empêche... dit Norma. Est-ce qu'au moins je peux venir avec toi chez la j'teuse ?

— Ne l'appelle pas comme ça ! Pourquoi veux-tu venir ?

— Ben... Je pourrais peut-être essayer de devenir amie avec Marthe ?

Fleur réfléchit. L'idée n'était pas bête. Marthe ne réagissait pas avec les adultes mais Norma pouvait parvenir à briser la glace. Marthe devait être une enfant très solitaire, ça lui ferait sûrement du bien de jouer avec une petite camarade.

— Ma foi... Je ne sais pas. On verra.

Norma n'insista pas. Elle reviendrait à la charge, le moment venu.

Le samedi matin était brumeux. Il était à prévoir que le temps serait beau dès que le soleil percerait.

Norma avait la tête lourde au réveil. Elle eut envie de faire la grasse matinée. Puis elle pensa que, si elle ne se levait pas, sa mère partirait sans elle. Pablo, lui, était fermement décidé à paresser au lit jusqu'à dix heures.

Fleur s'activait dans la cuisine quand Norma apparut, tout habillée.

— J'ai mis des bottes! Je suis prête!

— Heu, chérie, je... Je ne suis pas sûre que je vais t'emmener.

— Pourquoi? Je serai sage, je dirai pas un seul gros mot!

— Ce n'est pas ça, répondit Fleur. J'ignore quel genre d'accueil on va nous faire, tu comprends ?

— J'ai pas peur ! s'exclama Norma. Ça peut pas être pire qu'avec la mère Richet !

Fleur vit approcher la crise. Et, comme souvent depuis le divorce, elle céda pour l'éviter. Quitte à se reprocher plus tard de faire les quatre volontés de Norma.

Dans le bois, une fauvette chantait pour appeler le soleil. Bientôt, elle migrerait vers des cieux plus cléments. Norma sautillait sur le sentier. L'air était frais et les odeurs d'humus chatouillaient les narines. La promenade était agréable. Et bien plus longue que prévue.

Et tout à coup, elles arrivèrent au bout du chemin. Devant elles s'étendaient les eaux dormantes de l'étang de la Chavoche. Le brouillard planait au-dessus par nappes. Instinctivement, elles s'arrêtèrent pour regarder. La silhouette fine d'un chevalier cul-blanc se détachait sur le bord de l'eau. Il fouillait la vase à la recherche de vers. L'étang était entouré d'arbres noirs. Le plus impressionnant, peut-être, était le silence. Aucun chant d'oiseau, pas de vent.

Fleur prit la main de Norma. On n'apercevait aucune habitation. Où donc habitaient les Amirolle ? La maison était sans doute dans l'ombre des grands arbres, cachée par la brume. Norma voulait marcher au bord de l'eau mais Fleur estima que cela n'était pas prudent.

Un coucou lança son cri. Fleur et Norma sursautèrent puis se mirent à rire. Ces «coucou, coucou» les avaient surprises dans ce silence pesant. Maintenant, elles étaient rassurées. Rien de plus normal qu'un coucou qui chante dans les bois. L'étang avait une forme de poire. Il se rétrécissait à l'autre bout. Et là, à l'étranglement, il y avait bien une maison.

Fleur s'attendait à trouver une cabane délabrée. La maison était en pierre, il y avait des jardinières devant les fenêtres et un petit potager. Et même un nain de jardin en plastique. Par-derrière, il y avait un enclos pour les poules. Cela n'avait vraiment rien d'un antre de sorcière!

Alors qu'elles s'approchaient, une main écarta un rideau. Le visage d'Éponine apparut. Le rideau retomba. Bientôt, la porte s'ouvrit. Éponine sortit.

— Ah ça! s'écria-t-elle. Des visiteurs!

— Bonjour, madame. Je suis Fleur Dalbret, l'institutrice de Marthe. Et voici ma fille, Norma. Puis-je vous parler un instant?

Éponine fit un grand geste vers sa maison.

— Entrez! Entrez! Vous êtes les bienvenues!

Fleur sourit. Toutes ses appréhensions s'envolèrent. Éponine était une brave femme, pas comme la mère Richet. Éponine leur montra son atelier à côté de la cuisine. Elle était rempailleuse de chaises, elle travaillait sur les marchés. Elle fabriquait aussi quelques poupées et des objets en paille tressée. Hélas, elle vieillissait, elle devait limiter ses déplacements. Fleur lui demanda si elle avait une voiture. Ce n'était pas le cas. Mais un de ses amis, un marchand de vaisselle, venait la chercher et la ramenait les jours de marché.

Éponine les invita à s'asseoir au salon. La pièce était coquette, très propre. À ces moments perdus, Éponine faisait de la dentelle au filet. Le métier trônait sur la table.

— C'est ravissant, dit Fleur en admirant les rideaux.

— J'adore les biches! s'exclama Norma. J'en voudrais des comme ça dans ma chambre!

— Norma, ça ne se fait pas de demander! la gourmanda sa mère.

— J'ai rien demandé! répliqua Norma.

Éponine rit. Elle était flattée. Elle était particulièrement fière de ses biches en dentelle.

— Ça peut se faire, dit-elle.

— Je vous en prie! répondit Fleur. Enfin... Bon, si Norma les veut vraiment, je vous passerais commande. Je paierai bien sûr!

— Je viendrai voir vos fenêtres, dit Éponine. Pour prendre les mesures. Ce n'est pas une question d'argent, vous savez. J'adore la dentelle au filet. Je serais ravie de vous faire des rideaux. Moi, je n'ai plus de fenêtres pour en accrocher!

— J'insiste, madame Amirolle. On m'a appris que tout travail mérite salaire.

Éponine leur offrit du thé avec des sablés faits maison. Fleur s'enquit de Marthe.

— Oh, elle traîne... soupira Éponine. Toujours dans les bois! J'espère qu'elle ne crée pas d'ennuis à l'école?

— Non, répondit Fleur. À part qu'elle ne parle pas. Je m'inquiète un peu. Je pense qu'il serait souhaitable qu'elle voie un spécialiste. Un psychologue pour enfants.

— Ça coûte, dit Éponine. J'ai pas beaucoup de sous.

— La Sécurité sociale prendrait tout en charge.

— P'têt' ben mais il faudrait quelqu'un pour la conduire. Comment voulez-vous que je fasse?

– Il y a certainement moyen de s'arranger. Est-ce qu'elle vous parle, à vous ?

Éponine frotta ses mains sur son tablier, le nez baissé.

– Non, finit-elle par dire. Je suppose que vous connaissez l'histoire ?

– Des ragots, répondit Fleur. Tout le monde y va de son petit commentaire, mais où est la vérité ?

– Son père a tué sa mère, c'est la vérité. Et il est en prison. Presque cinq ans, déjà… Mon fils s'occupait d'une ferme qui ne lui appartenait pas. J'ai pris Marthe chez moi. Elle n'a plus parlé, d'un seul coup après… Après…

Les larmes mouillèrent les yeux d'Éponine. Elle s'essuya avec le coin de son tablier.

– Excusez-moi… J'ai perdu ma belle-fille et mon fils est un assassin. J'ai failli perdre Marthe, aussi. On a voulu me la retirer quand… quand elle s'est fait ça…

– Ça ? répéta Fleur.

– Elle s'est coupé le petit doigt avec un

couteau de cuisine. Elle est restée à l'hôpital deux semaines. Ils voulaient l'enfermer dans un asile. Je me suis battue pour que ça n'arrive pas. Ç'a été dur, très dur… Mais depuis, ça va… Marthe reste muette mais bon… Vous comprenez, elle aime tant les bois. Ça la tuerait si on l'enfermait! C'est pour ça que j'ai un peu peur des psychologues. Imaginez qu'ils veuillent me la prendre! Elle est tout ce qui me reste!

— Je suis prête à vous aider, dit Fleur.

Éponine posa la main sur le bras de Fleur.

— J'ai su tout de suite que vous étiez quelqu'un de bien. Ça se voit sur votre visage. On y lit de la douleur et de la bonté et beaucoup de courage.

La gorge de Fleur se serra. Elle aurait voulu répondre. Elle but du thé pour cacher son trouble, avala de travers et toussa. Éponine sourit.

— Quant à toi, Norma, dit-elle. Tu es une fille entêtée qui obtient toujours ce qu'elle veut!

— Ça, c'est sûr! s'exclama Norma. Y a pas pire bourrique que moi!

Elles se mirent à rire toutes les trois. La conversation devint plus banale. On discuta du climat de la région, des animaux de la forêt et des oiseaux de l'étang. Et d'omelette aux cèpes. Éponine voulut les garder à déjeuner. Mais Pablo était tout seul à la maison, il fallait bien rentrer. Éponine leur promit de passer le lendemain pour les rideaux.

Le soleil avait percé. Quelques colverts nageaient sur l'étang. Un héron s'envola pour le sud.

Norma frissonna brusquement. Sa joue était chaude, juste au-dessous de l'œil.

CHAPITRE 7
Panseuse de secret

Fleur n'avait pas voulu poser trop de questions à Éponine devant Norma. Mais elle était très préoccupée par cette histoire de doigt coupé. Pourquoi Marthe avait-elle fait une chose pareille ? Une automutilation, comme si elle se punissait. Se croyait-elle coupable de la mort de sa mère ? Cela expliquerait son mutisme, elle ne pouvait pas avouer. Il fallait vraiment que Marthe voie un spécialiste.

Le dimanche matin, Fleur partit à Enrichemont pour faire les courses de la semaine au supermarché. Norma dormait encore lorsqu'elle partit. Pablo préparait ses outils pour sa deuxième couche de peinture.

Vers neuf heures et demie, Pablo pensa que Norma traînait un peu beaucoup au lit. Ce n'était pas son genre. Il frappa à sa porte, appela, n'obtint pas de réponse. Il entra.

Norma était toujours couchée, elle lui tournait le dos.

— Eh, paresseuse! *Soldat lève-toi, soldat lève-toi!*

Norma émit un grognement mais ne bougea pas. Pablo s'approcha pour la secouer par l'épaule. Alors, il vit le visage de sa sœur. Il poussa un cri.

La joue de Norma était enflée, rouge et luisante, juste au-dessous de l'œil. Cela ressemblait un peu à une grosse ampoule. Pablo posa la main sur son front. Il était brûlant. Norma était presque inconsciente, dévorée par la fièvre.

C'était la joue que la mère Richet avait touchée. Pablo en était sûr. Il ne savait pas quoi faire. Le téléphone n'était pas encore branché. Et puis, qui appeler? Y avait-il un médecin dans le village ? Il l'ignorait. Aller jusqu'à l'épicerie ? Ou alors devait-il attendre le retour de maman ? Mais si elle tardait trop…

Pablo dévala l'escalier et courut vers la maison de M. Cardot. Le vieux monsieur pourrait l'aider, lui. Pablo sonna à la porte à plusieurs reprises. Il ignorait que M. Cardot était à la messe. Il restait Mme Jean.

Pablo repartit en courant. Il faillit renverser quelqu'un qui débouchait du chemin derrière le muret. Il dérapa sur les graviers.

– Eh bien, mon petit ! Qu'est-ce qui t'arrive ?

Pablo reprit son équilibre et regarda la grosse femme. Il ne l'avait jamais vue mais il devina que c'était Éponine.

– Madame, madame ! J'ai besoin d'aide, vite ! Ma sœur ne va pas bien du tout et maman n'est pas là !

Éponine le prit par le bras.

– Conduis-moi à elle. Toi, tu es Pablo.

Pablo la devança. Éponine marchait le plus rapidement qu'elle pouvait, en soufflant bruyamment.

Norma était toujours dans le même état. Éponine se pencha sur elle et hocha la tête.

– Tu l'as touchée ? demanda-t-elle.

– J'ai juste mis ma main sur son front. Elle est brûlante de fièvre !

– Cela ne m'étonne pas, répondit Éponine. Va te laver les mains et frotte bien. C'est contagieux. C'est de l'érysipèle. Si tu trouves de l'alcool et des compresses, apporte-les-moi.

– Vous êtes médecin ? C'est grave ?

– Ne t'inquiète pas, je vais la soigner. Je ne suis pas médecin mais je suis une panseuse de secret. Je peux la guérir. Allez, file !

Pablo obéit en se demandant ce que pouvait bien être une «panseuse de secret». Lorsqu'il revint avec la bouteille d'alcool, les compresses stériles et le sparadrap, Éponine avait allongé Norma sur le dos. Elle palpait l'enflure. Une marque blanche apparut dans la boursouflure rouge. Éponine mouilla son pouce avec sa salive. Elle traça des croix et des cercles sur la joue avec ce doigt. Puis elle souffla sur l'œdème trois fois de suite. Elle récita alors cinq «Je vous salue Marie» puis murmura quelque chose que Pablo n'entendit pas clairement. Puis elle répéta les mêmes gestes. Pablo l'observait, n'osant pas l'interrompre.

Éponine se tourna vers lui. Il lui donna ce qu'il avait apporté. Elle désinfecta la joue puis y posa une compresse.

— Ça va aller, Pablo. Demain, elle sera guérie.

— Mais qu'est-ce que vous avez fait? demanda Pablo.

— Ma mère m'a transmis un don, mon petit. Je chasse les mauvais fluides. Je suis une panseuse de secret. Ce que j'aimerais savoir c'est comment ta sœur a attrapé ça…

— C'est la mère Richet! s'exclama Pablo, sans réfléchir. Je l'ai vue! Je l'ai vue toucher Norma, juste là!

— Je comprends à présent, répondit Éponine.

— Alors, j'ai raison ? C'est elle qui a fait ça ?

— Oh oui, dit Éponine. Elle a voulu vous envoyer un avertissement.

— Elle a interdit à maman d'aller vous voir, expliqua Pablo. C'est pour ça ?

Éponine s'essuya les mains avec une compresse imbibée d'alcool.

— C'est pour ça... Je suis désolée d'en être la cause.

— Je pense que maman va vouloir un vrai médecin, remarqua Pablo.

— Je le pense aussi, répondit Éponine en souriant. Laissons ta sœur au calme. Je vais attendre le retour de ta mère en ta compagnie.

Ils descendirent au salon. Pablo proposa du thé à la vieille dame. Il était dans la cuisine en train de préparer la théière lorsque Minet sauta sur le rebord de la fenêtre. Il lui ouvrit puis regretta son geste aussitôt. Et si Éponine réagissait comme la mère Richet en voyant le chat noir ?

Minet entra dans le salon et s'installa dans le fauteuil devant la cheminée. C'était SON fauteuil, celui où les enfants l'avaient soigné. Inquiet, Pablo jeta un regard de la cuisine. Éponine s'était levée. Et elle caressait le chat. Rassuré, Pablo apporta le plateau.

– Il n'est pas à nous, dit Pablo. Il vient de temps en temps. Norma serait contente si elle…

Sa lèvre trembla. Les larmes montèrent dans ses yeux.

– Ne te fais pas de souci, mon petit… Norma ne risque plus rien, maintenant.

Fleur fit venir le médecin. Elle remercia Éponine pour son aide, bien sûr… mais les panseuses de secret, elle n'y croyait pas. Le médecin diagnostiqua un érysipèle et prescrivit des antibiotiques. Il recommanda de bien désinfecter les draps. C'était contagieux. Mais, même si c'était impressionnant, ce n'était pas grave.

Éponine prit les mesures des fenêtres et s'en retourna chez elle. Minet sortit à sa suite. L'accompagna-t-il dans le bois ? Pablo ne le sut pas. Fleur ne quittait pas le chevet de Norma. La petite fille semblait aller mieux. La fièvre était un peu tombée. Fleur était embêtée. Il était hors de question que Norma aille à l'école, le lendemain. Comment allait-elle faire ? Pablo se présenta sur le seuil.

— Maman ? J'ai réfléchi et je pense qu'il faut que je reste à la maison demain pour garder Norma.

— Ça m'ennuie que tu manques... répondit Fleur. Si j'étais mieux organisée, aussi... J'aurais cherché une baby-sitter dès notre arrivée... Et puis, si jamais l'état de Norma empirait...

— Il y a M. Cardot à côté. Maintenant, on

a le numéro du médecin. Je téléphonerai si quelque chose ne va pas. Tu peux me faire confiance, tu sais.

— Oui, je le sais, dit Fleur. On verra. Si Norma va mieux demain matin…

Fleur toucha le front de Norma pour contrôler sa température.

— Tu te laveras bien les mains, conseilla Pablo. C'est Éponine qui l'a dit.

— C'est aussi ce que le médecin a dit! répondit Fleur, en souriant.

Pablo sortit de la chambre et alla dans la salle de bains. Il prit le savon de Marseille et se frotta consciencieusement avec, comme les chirurgiens dans «Urgences».

La fièvre de Norma tomba complètement durant la nuit. Au matin, sa joue était toujours boursouflée mais n'était plus aussi rouge et luisante. Qui plus est, elle était gaie comme un pinson. Elle voulait même se lever et aller à l'école. Fleur décida que ce n'était pas prudent. L'érysipèle était contagieux, c'était dangereux pour les autres enfants.

Lorsque Norma apprit que Pablo restait avec elle pour la journée, elle fut ravie. Pablo promit de lui faire la lecture de son livre spécial maladie. On lui lisait toujours la même histoire de Maurice Sendak, des aventures d'ours. Norma faisait une fixation sur les ours.

Bien calée contre son oreiller, Mini et Maxi contre elle, Norma écoutait Pablo lire.

– Tu sais qu'il va falloir passer tes nounours dans la machine ? dit Pablo, une fois le livre fini.

– Tu crois qu'ils l'ont attrapé, le résipèle ? demanda Norma, inquiète.

– Érysipèle. Je ne pense pas que ce soit très grave pour les peluches.

– J'aime pas quand on les met dans la machine à laver. Ça prend des jours et des jours pour qu'ils sèchent et moi, je dois dormir sans eux !

– Oui mais c'est rigolo quand on les

accroche par les oreilles avec les pinces à linge! Oh zut! il pleut! Ma fenêtre est restée ouverte!

L'averse était aussi violente qu'elle était inattendue. Une flaque s'était déjà formée sur le parquet. Pablo referma la fenêtre et son regard dériva vers le jardin. Il s'immobilisa, plissa les paupières. Ne venait-il pas d'apercevoir une silhouette derrière la haie? Qui se cachait là? Et pour faire quoi?

Maintenant, il en était sûr. Il y avait quelqu'un. Habillé de noir.

Pablo serra les poings si fort que ses phalanges devinrent blanches. La colère monta en lui, irrépressible, incontrôlable. Il était pourtant d'une nature calme, presque peureuse. Mais on n'avait pas le droit de faire du mal à sa petite sœur.

Pablo dévala l'escalier, sortit comme un fou dans le jardin et bondit par-dessus le portail.

Il ne s'était pas trompé. La mère Richet sursauta quand il surgit ainsi, brusquement.

Elle était à demi courbée derrière la haie. Espionnait-elle?

— Allez-vous-en! hurla-t-il.

La mère Richet ricana. Quoi! Ce gamin lui donnait des ordres?

— La route est à tout le monde, répondit-elle, méprisante.

— Ici, c'est chez moi! cria Pablo. Pour vous, c'est interdit!

Le visage de la mère Richet se durcit. Elle le fixait de ses yeux sombres. Ses lèvres bougèrent en silence. Lui lançait-elle un sort?

Pablo croisa ses deux index devant lui.

— *Vade retro, Satana!*

— Tu ne sais pas ce que tu dis, répondit-elle.

— Si je le sais! Allez-vous-en, vous êtes le diable!

La mère Richet avança la main d'un geste conciliant. Pablo recula, les doigts toujours en croix.

— N'essayez pas de me toucher! *Vade retro, Satana!*

Elle leva un sourcil puis, étonnamment, tourna le dos et s'en alla en direction du village.

Pablo tremblait sous la pluie glacée. Il la regarda s'éloigner jusqu'à ce qu'elle ait disparu à l'intersection de la départementale. Alors, seulement, il décroisa les doigts. Il avait réussi à la faire partir.

Vade retro, Satana.

CHAPITRE 8
L'écolier assassin

Pablo expliqua beaucoup de choses à Norma, ce lundi-là. Ce qu'il fallait faire quand la mère Richet vous touchait. Ou comment Éponine l'avait soignée. Car, pour lui, il n'y avait aucun doute, Norma allait mieux grâce à la panseuse de secret.

Les antibiotiques et les antiseptiques n'y étaient pour rien. Maman n'y croyait pas alors il était inutile de lui en parler. Mais eux deux, ils savaient la vérité.

Fleur avait cherché une baby-sitter toute la journée. D'abord, en demandant à ses collègues, au cuisinier, aux femmes de service et, en revenant, à Mme Jean. Sans résultat. Pablo devrait manquer l'école encore une journée. Si l'état de Norma continuait de s'améliorer, peut-être pourrait-elle retourner en classe le jeudi. Mais la directrice n'était pas trop enthousiaste. Elle craignait une épidémie. Tout dépendrait de l'avis du médecin.

Fleur trouva ses enfants dans la cuisine, en train de goûter. Norma avait bonne mine et bon appétit... Le temps d'incubation de l'érysipèle était compris entre deux et douze jours. Il fallait surveiller Pablo pendant toute cette période. Après tout, c'était peut-être aussi bien qu'il n'aille pas en cours.

Norma lava soigneusement son verre en mettant trois fois trop de produit.

— J'ai prévenu ton principal, dit Fleur à Pablo. Il comprend parfaitement la situation. Ne te fais pas de soucis. Je passerai demain au collège prendre ta liste de devoirs et de leçons pour que tu n'aies pas de retard.

— Et si Éponine me gardait? demanda Norma.

— Je ne sais pas si elle a le temps… répondit Fleur. C'est une idée. On verra mercredi.

Pablo ne raconta pas l'incident avec la mère Richet. Il y avait des choses que maman ne pouvait pas comprendre.

Fleur partit le mardi matin, tout à fait rassurée. Norma n'avait plus de fièvre, sa joue était dégonflée.

Le soleil était revenu et Pablo eut envie de finir sa peinture. Norma n'était pas très contente d'être laissée à l'abandon. Elle traînait dans le salon. Si elle sortait, Pablo ne s'en apercevrait même pas…

Elle mit ses bottes pour jouer dans le jardin. Elle s'amusa un moment en surveillant la route par un trou de la haie. Si jamais la mère Richet s'approchait… Elle le souhaitait presque car elle commençait à s'ennuyer. Les environs étaient désespérément déserts.

Alors, elle pensa aux champignons. Il avait plu la veille et maintenant, le soleil brillait. Les bois devaient être pleins de beaux cèpes. Elle prit un sac en plastique dans la cuisine. Elle eut vite fait de sauter par-dessus le muret.

Tout autour de la maison, Norma trouva des cèpes. Elle était si fière d'elle qu'elle s'éloignait de plus en plus. Elle en oublia les serpents, les sangliers et la mère Richet. Un pic épeiche s'envola. Norma ne vit qu'un petit éclair rouge, les plumes sous sa queue. Un pipit des arbres lança son chant clair. Et l'écho lui répondit :

J'entends la chanson sereine
Du rossignolet joli...

Norma s'immobilisa, surprise. Marthe n'était-elle donc pas à l'école? La voix était encore lointaine mais bien reconnaissable. Norma s'appuya contre un tronc et écouta. Marthe en était au couplet du petit doigt coupé.

Oh! mon Dieu que de souffrances
J'endure cette nuit.

Tu en souffriras bien d'autres
Avant que la nuit soit finie.
J'entends la chanson sereine
Du rossignolet joli...

Marthe devait marcher sur le chemin. Elle se rapprochait. Norma allait-elle enfin savoir la fin de la chanson ?

Il la couche sur l'épine
Oh qui graine sans fleurir.
Lui a pris le cœur du ventre,
Dans sa chemise il l'a mis.
J'entends la chanson sereine
Du rossignolet joli...

Marthe apparut. Elle brossait les fougères de sa main mutilée.

Tenez, ma cruelle mère,
Voilà le cœur de ma mie.
Tu as menti par ta bouche,
C'est le cœur d'une brebis...

Norma s'écarta du tronc et avança résolument vers Marthe. Celle-ci ne la vit pas tout de suite. Norma reprit la complainte.

J'entends la chanson sereine
Du rossignolet joli…

Marthe s'arrêta. Elle ne regarda pas Norma. Elle ne pouvait pourtant pas ignorer sa présence. Norma continua de marcher vers elle.

— Et après ? demanda-t-elle. Comment ça se termine ?

Marthe arracha une fougère et la dépiauta, le nez baissé.

Ô montagnes sur montagnes !
Écrasez-vous sur mon corps.
J'ai fait mourir ma maîtresse,
Je n'mérite que la mort.

Norma chanta avec elle le dernier refrain.

J'entends la chanson sereine
Du rossignolet joli…

— Tu parles d'une chanson sereine ! s'exclama Norma. C'est horrible, oui !

Marthe ne s'intéressait toujours pas à elle. Cependant, elle fit demi-tour. Norma lui emboîta le pas.

— Elle s'appelle comment ta chanson ? Tu sais, je connais ta grand-mère, la panseuse de secret ! Elle m'a guérie du résipèle ! Elle va me faire des rideaux en dentelle de filet avec des biches dessus ! J'aime beaucoup Éponine, elle est très gentille ! Mon nom, c'est Norma. Ma maman, c'est ton institutrice. J'ai un frère qui s'appelle Pablo. Pourquoi t'es pas à l'école ? Moi, j'y suis pas parce que le résipèle, c'est contagieux ! Alors ne me fais pas de bisous ! Enfin, je crois pas que t'en aies envie... C'est juste au cas où...

— C'est la chanson du rossignolet qui est sereine.

Norma eut un sourire ravi. Marthe lui avait parlé ! Elle qui ne parlait à personne, même pas à sa grand-mère !

— Qu'est-ce que tu veux dire ? demanda Norma.

— C'est une complainte très triste, répondit Marthe. Mais le rossignolet, lui, il s'en moque. Il chante gaiement parce que c'est sa nature.

Marthe parlait mais ne regardait pas en direction de Norma. Pourtant, cette dernière marchait à présent à ses côtés.

— C'est une drôle de chanson, dit Norma. Je ne l'avais jamais entendue.

— C'est très vieux. C'est une complainte du Moyen Âge.

— Sans déc? Où tu l'as apprise?

— Je ne me souviens pas. Je la connais, c'est tout.

Norma ouvrit son sac en plastique.

— T'as vu? J'ai ramassé plein de champignons!

Contre toute attente, Marthe s'empara du sac. Elle s'accroupit sur le chemin et en renversa le contenu sur la terre humide. Elle en prit un pour le montrer à Norma.

— Ça, c'est un bolet Satan. Poison. Celui-là aussi. Le reste, c'est bon.

Elle jeta les deux bolets Satan au loin.

— Tu m'aides à en ramasser d'autres demanda Norma. Maman serait vachement contente. Une bonne omelette aux cèpes, huuuummm! Tu pourrais venir la manger avec nous? Et pis, tu resterais coucher à la maison! Y a un canapé-lit dans le salon! Ça serait rigolo, non?

— Tu es très bavarde.

Norma fut un peu vexée. Mais elle n'allait pas se fâcher avec sa nouvelle amie.

— C'est parce que je croyais que tu ne parlais pas, répondit-elle. Je pensais que je ferais la conversation toute seule!

— Je ne parle pas aux gens parce qu'ils ne m'intéressent pas, dit Marthe.

— Alors, moi, je t'intéresse?

Marthe jeta un coup d'œil très rapide à Norma.

— Tu as soigné le chat noir.

— Comment tu le sais? demanda Norma, abasourdie.

— C'est une fauvette des jardins qui me l'a dit.

Norma lui donna une bourrade.

— Eh! Tu te fous de moi!

Et pour la première fois, Marthe sourit.

Pablo était affolé. Il cherchait sa sœur partout. Les idées les plus épouvantables lui traversaient l'esprit. Et si la mère Richet l'avait capturée? Et si on l'avait enlevée? Et si et si… Il allait courir chez M. Cardot lorsqu'il entendit une voix qui l'appelait.

— Pablo! Vise un peu ça! Marthe et moi, on a ramassé plein de cèpes!

Pablo se retourna. Les deux filles arrivaient sans se presser par le chemin du bois. C'était un comble!

— Mais t'es pas un peu folle! cria-t-il. Partir comme ça sans me le dire! J'étais sur le point de prévenir la police!

— Oh bah pardon… Je ne voulais pas m'éloigner… Mais j'ai trouvé des champignons et, après, j'ai rencontré Marthe. Et tu sais quoi? Marthe a vu la mère Richet lancer le caillou à Minet! On avait raison! C'était bien elle!

— Il faut sortir les champignons du sac, dit Marthe. Le plastique, ça les fait pourrir.

Pablo regarda Marthe. Sa colère retomba aussitôt. Sacrée Norma! Elle avait réussi à faire parler une muette! Et elle la ramenait à la maison! Qu'est-ce que maman allait dire de ça?

Ils entrèrent tous les trois directement dans la cuisine. Norma vida le sac dans l'évier. Fleur avait préparé leur déjeuner avant d'aller au travail. Pablo invita Marthe à le partager avec eux

— Marthe est pas allée à l'école, aujourd'hui, expliqua Norma. Quand elle a pas envie, elle reste. C'est pas à nous que ça arriverait!

— Ce n'est pas bien, répondit Pablo. Il faut que tu ailles à l'école.

— Pourquoi? demanda Marthe. Je serai rempailleuse de chaises comme ma grand-mère. Et aussi, panseuse de secret. Parce qu'Éponine m'a transmis son secret. Ce n'est pas à l'école qu'on apprend ces choses-là!

— Mais c'est obligatoire! dit Pablo. Et pis,

si jamais tu changeais d'avis quand tu seras grande ? Tu peux vouloir faire un autre métier plus tard.

— Je ne vois pas pourquoi. J'aime me promener dans les bois et être libre.

— Tu pourrais être chanteuse, aussi, dit Norma. T'es vachement bonne.

— Je ne connais que «L'écolier assassin».

«L'écolier assassin»... Norma se répéta le titre dans sa tête. Un titre parfaitement sinistre pour une complainte tout à fait horrible. Ça sonnait bien. Marthe s'était-elle coupé le petit doigt pour faire comme dans la chanson ? Son père avait arraché le cœur du ventre de sa femme... Comme l'écolier assassin. Marthe prétendait ne pas se souvenir où elle avait appris cette chanson. Son père la chantait-il ? Peut-être que Marthe avait tout oublié. Elle était petite au moment du drame.

Malgré l'insistance de Norma, Marthe ne voulut pas rester après le déjeuner. Mais elle promit de revenir le lendemain.

Pablo obligea sa sœur à faire une sieste. Maman allait sûrement lui reprocher de ne pas l'avoir surveillée. Et il fallait bien lui avouer à cause des cèpes.

Fleur ne prit pas trop mal la chose. Elle admira les beaux champignons. Mais ce fut surtout le récit de la rencontre de Norma avec Marthe qui la passionna. Finalement, ce n'était peut-être pas d'un psychologue dont Marthe avait besoin. Une bonne copine ferait sans doute mieux l'affaire! En revanche, il ne fallait pas qu'Éponine l'autorise à manquer l'école.

Le médecin passa dans la soirée. Il conseilla à Fleur de garder Norma à la maison pour le restant de la semaine. Une maladie contagieuse, c'était sérieux, même si Norma se portait comme un charme. Ses recommandations décidèrent Fleur. Demain, elle irait voir Éponine. Elle ferait d'une pierre deux coups. Elle lui demanderait de faire la baby-sitter et elle lui parlerait de cette histoire d'école.

Fleur alla chez Éponine, de bon matin.

Elle trouva la vieille femme en train de travailler aux rideaux de Norma. Marthe n'était pas là. Elle se levait toujours très tôt et disparaissait dans les bois. Éponine savait bien qu'il ne fallait pas que Marthe manque ainsi l'école. Mais sa petite-fille n'en faisait qu'à sa tête. Elle partait avec son cartable comme si elle avait l'intention de prendre le car. Elle n'arrivait jamais à l'arrêt du bus. Éponine ne parvenait pas à lui faire entendre raison. Elle avait seulement obtenu de Marthe qu'elle ne le fasse pas trop souvent.

Fleur profita de l'occasion pour lui reparler du doigt coupé. Éponine avoua son ignorance. Oui, les psychologues avaient dit que Marthe devait se sentir coupable de la mort de sa mère. Oui, c'était une forme d'autopunition...

À l'époque, Marthe n'avait que cinq ans. L'enquête de la police avait prouvé que Marthe était dans la maison quand son père avait assassiné sa femme. C'était la nuit, Marthe dormait dans sa chambre. Peut-être avait-elle été réveillée par les cris de sa mère. Mais rien n'était moins sûr car le crime avait eu lieu dans la grange. Marthe avait-elle été témoin de quelque chose? Personne ne le savait. Et comme Marthe ne parlait plus...

Fleur raconta la rencontre de Norma et de Marthe. Éponine sourit. Elle n'était pas étonnée. Dès qu'elle avait vu Norma, elle avait eu un «sentiment». Éponine se vantait d'avoir un don de voyance en plus d'être panseuse de secret. Elle avait ressenti un tressaillement dans l'âme. Elle était intimement persuadée que Norma avait la clé du cœur de Marthe. Elle fut ravie à l'idée de garder Norma, les deux jours suivants.

Éponine confia à Fleur que, la nuit du crime, elle avait eu une prémonition. Elle était sortie prendre quelques bûches pour son âtre en laissant sa porte ouverte. À son retour, une chauve-souris était entrée dans la maison. Elle l'avait chassée mais avait vu là un intersigne, un présage de mort. Hélas... Cela fut confirmé...

Fleur lui demanda si elle savait pourquoi son fils avait commis un tel crime. Éponine hocha tristement la tête. Au procès, l'avocat avait plaidé la folie. Son fils aurait cru que le diable était entré dans son épouse et que, pour sauver son âme de la damnation, il fallait lui arracher le cœur. Éponine n'avait plus guère de contacts avec son fils à cette époque. Il s'était fâché avec elle pour quelque raison obscure.

Mais elle avait découvert plus tard que la mère Richet était derrière tout ça. Son fils faisait tout ce qu'elle lui disait. La mère Richet l'avait convaincu qu'Éponine était une sorcière de la pire espèce. Ce qui était un comble... quand on savait ce dont était capable la mère Richet! C'était elle qui avait mis toutes ces idées funestes dans la tête de son fils. Elle avait toujours haï Éponine parce qu'elle avait des pouvoirs.

Fleur trouvait que c'était un peu dur à croire. Persuader quelqu'un de commettre un crime d'une telle violence pour une simple rivalité. Mais Éponine s'en tenait à sa version. Évidemment, elle ne pouvait rien prouver. Elle était sûre que la mère Richet avait agi par vengeance.

Mais de quoi avait-elle voulu, vraiment, se venger ?

CHAPITRE 9
La pie cloutée

Marthe parut dans le jardin alors que Fleur était encore chez Éponine. Norma, qui la guettait par la fenêtre du salon, lui ouvrit la porte. Cependant, Marthe n'entra pas. Elle semblait s'intéresser au vieux banc de pierre. Norma la rejoignit. Pablo sortit à sa suite.

– Qu'est-ce que tu regardes? demanda Norma.

Sans lui répondre, Marthe se pencha brusquement. Norma l'imita. Il y avait quelque chose sous le banc, enveloppé dans un chiffon blanc taché de rouge. Marthe tira l'objet. Avec précaution, elle déplia le tissu. Norma eut un haut-le-cœur.

Dans le chiffon, il y avait un oiseau mort. Dans sa tête, on avait planté des clous.

– Une pie, dit Marthe. Un oiseau du diable.

– Pourquoi? Pourquoi? répéta Norma, des larmes dans les yeux.

– Quand on a crucifié le Christ, répondit Marthe, la pie prit une épine pointue et la glissa dans sa couronne…

– Non… dit Norma. Pourquoi on lui a fait ça?

Marthe expliqua, très sérieusement, que la pie avait sept poils du diable sur la tête et qu'une sur cent avait un os du Georgeon dans le crâne. Pablo pensa que le diable ne devait plus avoir un seul bout d'os dans le corps depuis le temps!

– Qui a mis ça dans notre jardin? demanda-t-il. Qu'est-ce que ça signifie?

– Qui? La mère Richet bien sûr! répondit Marthe. Elle veut vous embougonner. Vous ensorceler.

— Qu'est-ce qu'il faut faire ?

Marthe se redressa pour regarder Pablo en face.

— Tu es prêt à prendre des risques ?

— J'ai déjà affronté la mère Richet, dit-il. Je ferai ce qu'il faut...

— Il faut lui rendre son cadeau. Mettre la pie dans son jardin !

— On ne sait pas où elle habite !

Marthe empaqueta soigneusement l'oiseau, un sourire sur les lèvres.

— Mais moi, je le sais... répondit-elle.

À cette heure, la mère Richet était sans doute au marché. Ils étaient trois. Norma ferait le guet pour éviter une mauvaise surprise. Ils cachèrent le paquet dans un sac en plastique.

Marthe les guida. À un carrefour, Norma aperçut une pièce d'un franc dans le gravier. Elle se pencha pour la ramasser mais Marthe l'arrêta aussitôt.

— N'y touche pas ! On est à un carroi !

Par réflexe, Norma fit un pas en arrière.

Puis elle demanda ce qu'était un «carroi». C'était la croisée des chemins, un des lieux préférés du Georgeon. Les sorciers ensorcelaient des objets, surtout des pièces de monnaie, et les déposaient aux carrois. Il ne fallait jamais les ramasser.

La mère Richet habitait à l'écart du village, dans une ferme. Il ne semblait y avoir personne. Norma se posta derrière un prunier pour surveiller la route.

Pablo et Marthe pénétrèrent dans le potager. Marthe avait réfléchi. S'ils se contentaient de laisser la pie cloutée dans le jardin, la mère Richet risquait de la découvrir. Et puis, la punition ne serait pas suffisante. N'avait-elle pas donné l'érysipèle à Norma? Elle méritait un vrai sort. Marthe regardait l'étable. Les vaches étaient au pré mais on les rentrait le soir...

Marthe avança résolument vers l'étable. La porte n'était pas verrouillée, il n'y avait qu'à soulever la clenche. Ils entrèrent. L'odeur animale mêlée à celle du foin soulevait le cœur de Pablo. Il voulait repartir au plus vite.

Marthe avisa l'échelle qui menait aux bottes de foin. Elle ricana. Elle allait enfouir le paquet loin au fond. Aucune chance qu'on le trouve avant longtemps.

Elle monta. Elle choisit une botte éloignée du bord. Avec quelques difficultés, elle la souleva et glissa la pie en dessous. Il y eut un craquement. Le poids de la botte avait probablement brisé les os de l'oiseau.

Marthe traça un rond sur le sol avec le talon de son soulier. Puis elle dessina une croix au centre avec le doigt. Elle cracha dessus puis dit: «Je te jette un sort. Que le beurre tourne en eau!»

Elle redescendit, sûre de l'efficacité de la méthode. La mère Richet n'était pas la seule qui pouvait embougonner les gens. Elle allait l'apprendre à ses dépens!

Ils ressortirent de l'étable. Norma les vit revenir avec soulagement. Toutes ses histoires d'ensorcellement et de Georgeon à la croisée des chemins la terrifiaient. Comment ne pas croire que le diable rôdait autour de la maison d'une sorcière telle que la mère Richet?

Ils filèrent à travers champs. Ainsi ils ne risquaient pas de rencontrer la j'teuse de retour du marché. Marthe connaissait tous les sentiers, tous les passages entre les haies. C'était amusant de la suivre. Ils jouaient à espionner dans les jardins et à traverser les prés sans déranger les vaches. Ils en oublièrent la pie cloutée.

Fleur les attendait à la maison. Elle profita de la présence de Marthe pour lui faire la leçon. Pas question qu'elle manque l'école à nouveau. Marthe baissa les yeux, ne répondit pas. Malgré tous ses efforts, Fleur ne put lui tirer un seul mot. La petite fille avait le même air absent qu'en classe. Elle refusait obstinément de parler aux adultes. Norma dit gaiement à sa mère que les grandes personnes n'intéressaient pas Marthe.

Pablo aurait bien voulu rester en compagnie des deux filles. Marthe savait plein de choses fascinantes. Mais Fleur avait rapporté ses devoirs à faire. Et hélas, demain il retournait au collège. Fleur conduirait Norma chez Éponine.

Comme il faisait encore beau et que Norma n'avait plus de fièvre, Fleur accepta qu'elles jouent dehors. Avec Marthe, aucune chance qu'elles se contentent du petit carré du jardin. Les deux fillettes partirent sur le chemin du bois des Sangles. Dès qu'elles se furent éloignées, elles se mirent à chanter la complainte de «L'écolier assassin». Norma apprit les paroles. Elle les connaissait par cœur quand elles arrivèrent au bord de l'étang.

Il y avait une nappe de brume au-dessus de l'eau. Elle y était presque en permanence. L'atmosphère était mystérieuse autour de l'étang de la Chavoche. Norma aimait beaucoup ça... et elle le dit à sa compagne.

– Tu veux voir quelque chose de *vraiment* mystérieux? demanda Marthe.

– Oui. Quoi?

– La mardelle, répondit Marthe. Elle est de l'autre côté de l'étang, loin dans la forêt. Et ce qui est très très étrange, c'est que tu ne la trouves jamais quand tu la cherches... Parce que, dans cette partie du bois, il y a l'*herbe d'engaire*...

Marthe expliqua qu'une mardelle était un trou profond dans lequel il y avait une petite mare. C'était un endroit dangereux. D'abord parce que le Georgeon adorait les mardelles. Ensuite, parce qu'il y avait des jacquets et des codrilles. Les codrilles étaient des serpents volants, des bêtes terribles. Les jacquets étaient de gros crapauds gris, les compagnons des sorciers. Enfin, il était difficile d'aller dans le trou, on risquait de s'y rompre les os. Marthe avoua qu'elle n'avait jamais vu de codrilles. Mais les jacquets, ça, il y en avait!

Quant à l'*herbe d'engaire*, la *male herbe*, c'était la pire des choses... Si on posait le pied sur l'herbe d'égarement, après le coucher du soleil, le sentier disparaissait... et l'on errait ainsi en tournant en rond jusqu'à l'aube. Même le jour, ce n'était pas sans risque. L'*herbe d'engaire* faisait oublier où étaient les chemins.

Malheureusement, personne ne savait à quoi ressemblait la *male herbe*. On ne pouvait donc pas l'éviter.

Pour se rendre à la mardelle, il ne fallait pas la chercher. Il fallait suivre des signes. Un coucou qui chante, un pic épeiche... ou, mieux, un lièvre, qui est un animal du diable. Norma ne comprenait pas bien l'intérêt d'aller dans un endroit aussi effrayant que la mardelle. Marthe lui confia alors son grand secret. Elle voulait devenir batteuse d'eau. Elle s'entraînait à la mardelle, justement parce que c'était un lieu de sorcière. En frappant la surface de l'eau avec une perche, elle faisait monter des tourbillons. Les colonnes d'eau retombaient en averses de pluie ou de grêle ou se transformaient en épouvantables tempêtes. Enfin... c'était ce qui devait se passer.

Pour le moment, Marthe n'y parvenait pas. Mais elle était sûre de réussir un jour. Alors, elle serait une meneuse de nuées. Tout le monde aurait peur d'elle. Et elle ferait tomber des grêlons gros comme des œufs sur le potager de la mère Richet.

Norma n'aimait pas l'idée d'avoir peur de Marthe. Celle-ci lui assura qu'elle ne ferait de mal qu'à ceux qui le méritaient.

Tout en parlant, elles faisaient le tour de l'étang, de l'autre côté de la maison d'Éponine. Marthe ne voulait pas que sa grand-mère les aperçoive. Elle les aurait empêchées d'aller dans la forêt profonde. Norma regardait où elle mettait les pieds. Cela ne servait à rien, d'après Marthe. Il était impossible de reconnaître l'herbe d'égarement.

Un coucou chanta. Marthe s'arrêta pour écouter. Voilà le signe… Il fallait aller dans la direction du chant. Norma gobait tout ce qu'elle lui racontait. En réalité, Marthe savait très bien où était la mardelle. Et si Éponine ne voulait pas qu'elle s'y rende, ce n'était ni à cause des codrilles ni à cause du Georgeon. C'était dangereux. Une mardelle se créait dans les éboulements de terrain. Ses abords pouvaient s'effondrer à tout moment.

Norma était à un âge où l'on ne craint pas de dire les choses franchement. Alors, elle demanda à Marthe pourquoi elle s'était coupé le petit doigt.

– Je ne sais pas, répondit Marthe.

Norma insista. Ne se souvenait-elle de rien ? Et quand sa mère était morte ? Qu'avait-elle vu ou entendu ?

Marthe appuya son dos contre le tronc d'un arbre et leva les yeux vers la cime.

– Je ne sais pas, répéta-t-elle. Je ne me rappelle pas. Je dormais.

Elle regarda sa main gauche.

– Pourquoi tu te fais mal, exprès ? demanda Norma. Tu t'écorches jusqu'au sang.

– Je ne sais pas. Je ne le fais pas exprès. Je crois que je suis embougonnée. Je me blesse sans m'en rendre compte. C'est la mère Richet qui a jeté un sort sur ma famille.

Elle se redressa et s'enfonça résolument dans les taillis. Norma suivit.

Elles débouchèrent un peu plus loin sur le même chemin.

– Ça y est, dit Marthe. J'ai dû marcher sur l'*herbe d'engaire*. Impossible de retrouver la mardelle.

– Mais… et le coucou?

– Il se moquait de nous. Ils font souvent ça, les coucous…

Norma n'était pas fâchée de ne pas aller à la mardelle. Cela ne lui disait rien qui vaille, cet endroit… Elles retournèrent au bord de l'étang. Marthe lui montra les laîches, les grandes herbes aux feuilles coupantes. Des plantes du diable. Norma s'étonnait que tant d'animaux et de plantes appartiennent au Georgeon. Il était vraiment partout. Elle repensa à la pie cloutée.

– C'est quand même très méchant de tuer

les pies, dit-elle. Et de leur enfoncer des clous dans le crâne!

— Les sorcières sont méchantes, répondit Marthe. Elles obéissent au Georgeon!

— Mais... tu en es une, aussi!

— Moi, je suis une panseuse de secret. Le Georgeon déteste les panseurs de secret. Ils défont ce que font les sorcières comme la mère Richet. Et moi, j'ai beaucoup de pouvoirs. C'est pour ça, le petit doigt...

— Je ne comprends pas. Quel rapport?

— On a voulu me faire mourir, dit Marthe, à cause de mes pouvoirs. Je ne me rappelle presque rien, la seule chose dont je me souvienne, c'est d'avoir pris un grand couteau dans la cuisine d'Éponine. Il y avait une ombre derrière la porte. Je suis sûre que le Georgeon se cachait là. J'avais comme un vide dans la tête. Je ne sais pas du tout ce que j'ai fait. Je n'ai rien senti. Je me suis réveillée à l'hôpital. C'est la mère Richet qui est responsable. Elle m'a embougonné l'esprit, sur les ordres du Georgeon. Mais, un jour, je serai batteuse d'eau. Et là, je me vengerai.

Marthe se mit à fredonner l'air de « L'écolier assassin ». Norma l'imita puis s'interrompit brusquement.

— Pourquoi ton père a-t-il tué ta mère comme dans la chanson ? Et le petit doigt, c'est pareil !

— Je ne sais pas, répondit Marthe.

— Mais... d'où elle sort, cette chanson ?

— Je ne sais pas. Je te l'ai déjà dit. Je la connais, c'est tout.

Norma n'était pas satisfaite de ces réponses. Marthe savait que la complainte datait du Moyen Âge, elle avait bien dû apprendre ça quelque part !

Marthe tendit la main et arracha des feuilles de laîche. Le sang se mit à couler. Norma poussa un cri. Marthe avait l'air absent comme si elle n'avait aucune conscience de ce qu'elle venait de faire. Norma la secoua par l'épaule.

— Arrête ! Arrête ! Tu me fais peur !

Marthe se dégagea et s'éloigna. Sa petite silhouette disparut dans la brume. Norma frissonna. L'étang de la Chavoche pouvait être inquiétant quand on se retrouvait toute seule..
Elle prit une grande inspiration et s'élança en courant sur le chemin du bois. Comme si les sangles, les codrilles et autres jacquets étaient à sa poursuite.

Elle ne ralentit qu'en apercevant le toit de sa maison.

CHAPITRE 10
Le trou du Diable

Norma avait rapporté à son frère sa conversation avec Marthe. Et surtout comment celle-ci était soudain redevenue muette et absente. Norma était très troublée. Elle avait cru que Marthe ne parlait pas simplement parce que les gens ne l'intéressaient pas. Du haut de ses sept ans, Norma venait de comprendre que Marthe avait réellement un problème, quelque chose qui ne marchait pas bien dans sa tête. Le diable en était-il responsable? Ou la mère Richet l'avait-elle «embougonnée»? Pablo n'avait pas de réponses. Il pensait, malgré tout, qu'avoir un père assassin suffirait à perturber n'importe qui.

Le jeudi matin, en attendant le bus scolaire, Pablo observait Marthe assise sur le talus. Il avait envie de lui dire bonjour. Il ne le fit pas. D'abord parce que Marthe regardait le sol avec des yeux vides. Ensuite, à sa grande honte, Pablo n'osait pas braver l'interdit: on ne devait pas adresser la parole à la fille de l'assassin. Il fallait faire comme tout le monde sous peine d'être exclu à son tour.

Fleur conduisit Norma chez Éponine. Le temps était frais mais le soleil semblait bien décidé à percer le voile de brume. Éponine avait préparé un solide petit-déjeuner pour son invitée.

Et même si Norma avait déjà mangé plusieurs tartines de confiture, elle ne résista pas au bon pain cuit dans le four d'Éponine. L'érysipèle n'était plus qu'un mauvais souvenir. Fleur partit pour l'école, l'esprit tranquille.

Éponine apprit la dentelle au filet à Norma. Et aussi comment fabriquer des poupées en paille. La matinée passa trop vite. Elles préparèrent l'omelette aux cèpes toutes les deux. Norma, qui avait bavardé sans discontinuer jusque-là, devint silencieuse.

— Eh bien, petite! dit Éponine. Tu as perdu ta langue, tout à coup?

— C'est les cèpes, répondit Norma. Ça me rappelle quand j'en ai ramassé avec Marthe.

Inconsciemment, Norma se mit à fredonner. Éponine la regarda.

— Et qu'est-ce que tu chantes, là?
— C'est la chanson de Marthe.
— Quelle chanson? demanda Éponine.
— Ben, «L'écolier assassin», bien sûr! Elle n'en connaît qu'une!

Éponine lâcha la fourchette avec laquelle elle battait les œufs. Elle prit Norma par les deux épaules.

— Mais qu'est-ce que tu racontes? Marthe chante?

Éponine n'avait jamais entendu sa petite-fille chanter. Norma lui expliqua que la complainte était très vieille et que l'histoire était horrible même si «la chanson du rossignolet était sereine».

— Je le sais, dit Éponine. Je l'ai déjà entendue. Mais ce n'est pas de moi que Marthe la tient! C'est bien ce qui m'inquiète...

— Marthe a oublié d'où elle vient, répondit Norma. Elle a oublié beaucoup de choses. Peut-être que sa maman la chantait?

— Ça m'étonnerait. La première et dernière fois que j'ai entendu «L'écolier assassin», j'étais une fillette de ton âge. Il y avait encore des bals dans les campagnes. Des musiciens venaient de tous les villages alentour. Et cette nuit-là... un vielleux que personne n'avait jamais vu auparavant est arrivé au bal...

Éponine mit à cuire son omelette tout en continuant son récit. Le musicien inconnu avait pris place parmi les autres. Au début, il se contenta de jouer avec eux. Il regardait les filles danser. Et certains garçons n'aimaient pas beaucoup sa façon de les dévisager. Il avait des yeux bizarres, ce vielleux. Les musiciens firent une pause pour boire un peu. Alors, l'étranger se mit à chanter «L'écolier assassin». Tout le monde s'était tu pour l'écouter. Sa voix était envoûtante. Personne ne pouvait ni parler ni bouger. Et quand il eut fini, il se leva et salua la compagnie. Il disparut dans la nuit. La fête ne reprit pas après son départ, comme s'il avait cassé quelque chose.

– Et c'est tout? demanda Norma, un peu déçue.

– Que non! répondit Éponine. Le lendemain, quand les paysans partirent aux champs, les récoltes avaient pourri. Et les vaches ne donnaient plus que du lait tourné. Alors on appela ma mère. Elle examina les vaches et elle déclara qu'elles avaient été ensorcelées. Comme c'était une panseuse de secret, elle leva le sort sur les vaches. N'empêche que les récoltes étaient fichues et qu'elle ne pouvait rien y faire. Elle dit que le musicien, c'était le diable lui-même. Et qu'il s'était vengé parce que aucune fille n'avait voulu danser avec lui.

Norma trouvait que le diable était drôlement susceptible. Mais oui, justement, c'était un de ses traits de caractère. Mais tout ça n'expliquait pas comment Marthe connaissait la chanson. À moins que...

Et si le Georgeon l'avait chantée le jour où elle s'était coupé le petit doigt?

L'idée que «L'écolier assassin» fût peut-être un sortilège tracassait Norma. Le rossignolet était-il un animal du diable? Éponine prétendait que non. Norma pensait qu'il ne fallait pas continuer de chanter la complainte. Cela faisait sûrement plaisir au Georgeon. Et puis, c'était vrai, la mélodie vous entrait dans la tête, y faisait le vide et vous embougonnait en un rien de temps. Marthe avait arrêté de parler parce que la chanson avait pris toute la place. Et c'était Norma qui avait rompu le sort. Elle devait résister, maintenant, et ne pas laisser la musique du diable s'installer dans son propre esprit. Elle devait aussi convaincre Marthe de ne plus chanter.

Éponine était d'accord. Jamais la vieille femme ne songea à reconnaître sa propre responsabilité. Si elle n'avait pas élevé son fils en lui racontant toutes ces histoires de sorcellerie et de diablerie, peut-être ne serait-il pas devenu un assassin. Elle commettait la même erreur avec Marthe.

À force de mettre le diable à toutes les sauces, on finit par le voir dans sa cuisine.

Marthe alla en classe le vendredi mais disparut dans les bois dès son retour. Norma était chagrinée. Elle avait l'impression que Marthe la fuyait. Fleur ignorait tout des conversations entre Éponine et Norma. Elle ne savait que ce qu'elles voulaient bien lui dire. Donc on parla dentelle au filet et omelette aux cèpes. Seul, Pablo était au courant. Et il s'inquiétait. Sa petite sœur se laissait embarquer dans de drôles d'histoires et il n'était pas sûr que ce fût raisonnable. D'un côté, il croyait que la mère

Richet était une sorcière. D'un autre, il pensait, comme Fleur, que tout cela n'était que contes de bonne femme. Mais il avait aussi le désir de venir en aide à Marthe.

Pablo et Norma passèrent la matinée chez M. Cardot. Le vieux monsieur les avait invités pour tester quelques-uns de ses jeux mathématiques. Norma s'en désintéressa vite car elle n'y comprenait rien. Pablo s'amusa davantage.

M. Cardot prit plaisir à leur montrer son jardin. Il avait fait des plantations pour le printemps. Comme il n'y avait pas grand-chose à voir pour le moment, il les assomma avec des noms de fleurs en latin et des explications compliquées sur la pousse des plantes.

Une mésange bleue avait élu domicile dans son tilleul. Norma l'observa tout autant que la mésange le fit.

— Elle est curieuse... dit Norma.
— Ça oui ! répondit M. Cardot en riant.

Elle vient me regarder tous les matins à la fenêtre de ma salle de bains!

— Il y a beaucoup d'oiseaux, ici, remarqua Pablo.

— Moi, j'aime le coucou dans les bois! s'exclama Norma. Coucou! Coucou!

— Ils sont tous partis hiverner en Afrique, dit M. Cardot. Ça fait bien un mois qu'il n'y en a plus.

Norma fronça les sourcils. M. Cardot pensait tout savoir parce qu'il était vieux.

— J'en ai entendu un, il y a trois jours!

— Impossible, répondit M. Cardot. Les coucous s'en vont dès juillet.

Norma avait bien entendu un coucou quand elle était avec Marthe. Il s'était moqué d'elles là où l'herbe égare... Mais si les coucous étaient partis alors... *Qui* leur avait crié «coucou»?

Norma déclara que le poulet était dégueulasse et que les carottes sentaient la merde. Fleur constata qu'elle était définitivement guérie puisqu'elle recommençait à jurer comme un charretier.

Le ciel était strié de strato-cumulus gris et rosé. Le soleil résistait malgré tout. Après le déjeuner, Pablo et Norma décidèrent de chercher Marthe dans le bois des Sangles. Ils arrivèrent à l'étang sans l'avoir trouvée.

Norma montra les laîches à son frère et reparla de l'*herbe d'engaire*. Pablo pouvait dire ce qu'il voulait, elle restait persuadée que l'herbe d'égarement existait bel et bien.

Un coucou chanta.

— Tiens! s'écria Norma. Tu entends? Il nous indique le chemin vers la mardelle!

— C'est idiot, répondit Pablo.

— Ah oui? Et comment tu expliques qu'il y ait un coucou? Il n'y en a plus. Ce n'est pas un coucou *ordinaire*. Et moi, je vais suivre son chant!

Pablo dut courir pour la rattraper. Norma fonçait, tête baissée, sur le chemin de l'autre côté de l'étang.

À nouveau, le coucou chanta.

Norma s'arrêta pour s'orienter. Puis, elle pénétra résolument dans les fourrés épais. Et, *herbe d'engaire* ou pas, les deux enfants furent rapidement perdus au milieu des grands arbres.

– C'est intelligent! grogna Pablo. Où est le chemin? Non pas par là! Tu vois bien que ça monte! Reviens!

Norma ne l'écoutait pas. La pente était rude et elle glissait sur les feuilles pourrissantes. Çà et là, apparaissaient de gros rochers. Norma s'appuya contre l'un d'eux pour reprendre sa respiration.

Le coucou chanta une troisième fois, tout près mais toujours invisible. Et puis le silence… La cime des arbres se dessinait en ombre chinoise sur les cieux plombés. Il n'y avait pas un souffle de vent. Tout semblait immobile. Et effroyablement silencieux.

Norma leva la main, l'index pointé. Sur une branche, il y avait une pie. Elle s'envola, se posa un peu plus loin. Les attendait-elle? Norma se dirigea vers elle. La pie s'envola et disparut.

Ils étaient arrivés en haut de la pente. Des mots flottaient dans l'air froid. Norma frissonna.

D'où reviens-tu mon fils Jacques ?
D'où reviens-tu cette nuit ?
Je viens des écoles ma mère,
Des écoles de Paris.
J'entends la chanson sereine
Du rossignolet joli…

Ce n'était pas la voix de Marthe.

Pablo contourna un rocher. En bas, de l'autre côté, il y avait un trou profond. La mardelle. Le trou du Diable, comme on l'appelait dans le pays. Sur le bord du précipice se tenait Marthe. Elle avait le regard vide, le visage inexpressif. Son buste oscillait d'avant en arrière. Un mouvement plus brusque et elle tomberait dans le trou.

Tu as menti là, mon drôle.
Tu reviens de voir ta mie.
Je voudrais la voir morte
Et avoir son cœur ici.
J'entends la chanson sereine
Du rossignolet joli...

Norma porta la main à sa bouche pour étouffer une exclamation de peur. Pablo lui serra le bras. Surtout pas de bruit... Marthe risquait de sursauter et de tomber.

Dans l'ombre noire d'un arbre, une ombre encore plus noire chantait les couplets de «L'écolier assassin».

– Je me souviens... dit Marthe.

Elle parlait comme on parle dans un rêve, d'un ton égal et détaché.

– J'étais dans ma chambre... Je me suis réveillée... J'ai entendu la chanson... On chantait pour que je me rendorme... Vous étiez là... Vous chantiez, cette autre fois, quand j'étais dans la cuisine d'Éponine...

Il a pris sa claire épée,
Le p'tit doigt lui a coupé...

Le pied de Marthe s'avança. Quelques centimètres de plus et il balancerait au-dessus du vide.

Norma s'agrippa à la veste de Pablo et murmura dans son oreille :

— Il faut faire quelque chose... Elle est embougonnée... Elle va se jeter dans la mardelle !

J'entends la chanson sereine
Du rossignolet joli...

La complainte était entrée dans la tête de Pablo. Il ne pouvait plus bouger. Comme les danseurs au bal, rendus muets et immobiles par le diable musicien.

Et les tristes paroles commençaient à trouver le chemin de l'esprit de Norma.

La pie se posa sur le rocher et regarda Norma. Le souvenir de la pie cloutée. Norma se secoua. Sans savoir ce qu'elle faisait, elle dévala la pente et hurla :

— Marthe ! Marthe ! N'écoute pas ! Elle t'embougonne ! Comme elle a ensorcelé ton père ! Comme elle t'a ensorcelée pour que tu te coupes le doigt !

Elle dérapa et atterrit à quatre pattes, les genoux et les mains écorchés. La complainte s'était interrompue.

Norma se releva et fit face à l'ombre.

Marthe se retourna vers elle, les yeux toujours vides. Pablo se mordit la lèvre jusqu'au sang pour reprendre conscience. Il aurait voulu rejoindre Norma mais ses jambes ne le portaient plus.

— Tu m'ennuies, toi, dit la mère Richet.

Elle avança vers Norma.

— Pourquoi ? Pourquoi ? murmura Norma. Pourquoi vous êtes si méchante ?

La mère Richet se mit à rire.

— Pourquoi ? Parce que les panseurs de secret transmettent leur savoir à leurs enfants ! Je ne peux pas me débarrasser d'Éponine mais ses descendants ne peuvent pas m'échapper !

— Je comprends pas... balbutia Norma.

— Il n'y a que moi! cria la mère Richet. Il n'y a que moi qui ai le droit! Et je ne laisserai personne prendre ma place! C'est moi! C'est moi qui ai le pouvoir!

La mère Richet s'approchait de Norma, les mains en avant prêtes à la saisir. Norma recula. Recula vers le bord du précipice.

— Quelle tragédie! ricana la mère Richet. Deux fillettes imprudentes meurent dans le trou du Diable! Je crois que je vais pleurer!

Norma mit ses doigts en croix.

— *Vade retro, Satana!*

— C'est ça, répondit la mère Richet. Salue bien le Georgeon de ma part quand tu seras de l'*autre côté*!

Un cri désespéré tomba du ciel. La mère Richet sursauta et aperçut là-haut la silhouette de Pablo.

— Je dirai tout! Vous ne m'aurez pas, moi!

— Toi! Toi! dit la mère Richet, les poings serrés. Tu vas errer dans les bois! La *male herbe* t'a égaré et tu ne retrouveras jamais ton chemin !

Rien ne pouvait empêcher la mère Richet d'avancer. Norma était au bord du trou. Marthe lui toucha le dos. Elle clignait des paupières, comme si elle essayait de s'éveiller d'un mauvais cauchemar.

Un grand éclair zébra le ciel. La pluie s'abattit à verse, violente et glacée. La mère Richet était tout près des filles. Sur le bord...

– Je suis une batteuse d'eau... murmura Marthe.

La mère Richet allait saisir Norma lorsqu'une boule noire lui fila entre les jambes. Elle perdit l'équilibre, chercha à se raccrocher à Norma. Marthe fut la plus rapide. Elle poussa Norma, chutant en même temps qu'elle sur le sol mouillé.

La mère Richet hurla. Son cri fut couvert par le tonnerre. Ses bras maigres s'agitèrent en vain. Elle glissait vers le trou, sans pouvoir se retenir. Brusquement, la terre humide se détacha sous ses pieds. La mère Richet tomba, tête la première, dans le trou du Diable. L'eau croupissante de la mardelle se referma sur son corps.

Pablo avait tout vu de là-haut. Il avait vu la boule noire passer sous la jupe de la mère Richet. Une petite boule de poils collés par la pluie. Il se sentit défaillir et s'assit brutalement. En contrebas, Marthe serrait Norma dans ses bras et l'embrassait.

La pie chercha abri dans les feuillages d'automne.

Dans le creux d'un rocher, un chat noir ronronnait d'un air satisfait, les yeux mi-clos.

Le coucou chanta et s'envola vers l'Afrique.